Rachid Mimouni
Hinter einem Schleier aus Jasmin
Rotbuch Verlag

Rachid Mimouni
Hinter einem Schleier aus Jasmin

Erzählungen

Aus dem Französischen
von Holger Fock

Rotbuch Verlag

Inhalt

Der Parkwächter

Ich begreife nicht, wie mir geschieht. Sollte jemand versuchen, mir zu schaden? Ich kenne doch überhaupt keine Feinde.

Wenn ich die Beziehungen zu meinen Nachbarn einschränke, so weil ich von Natur aus zurückhaltend bin, und da ich die sprichwörtliche Zwanglosigkeit meiner Landsleute kenne, lege ich keinen Wert darauf, mein Privatleben durch dreiste Leute gestört zu sehen.

Wenn ich mich entschlossen habe, mit meiner Flurnachbarin kein Wort mehr zu reden, so weil sie mich pausenlos bedrängt hat. Sie wollte dem eingefleischten Junggesellen, der ich bin, im Laufe einer schönen Hochzeitsfeier ihre älteste Tochter übergeben, die weiß und fett ist wie eine Gans, um den nachfolgenden acht Kindern etwas mehr Platz zu verschaffen, die auf ihren dreißig Quadratmetern ersticken.

Wenn ich kaum noch meine Kollegen treffe, so weil ich keine allzu hohe Meinung von ihnen habe. Sie haben überhaupt kein berufliches Pflichtbewußtsein und vernachlässigen ihre Arbeit. Den ganzen Tag über schleppen sie ihren Verdruß mit sich herum, und nach Dienstschluß verschwinden sie schnell, um ihrer Lieblingsbeschäftigung nachzugehen: der Dreierwette, dem Alkohol oder dem Gebet. Mein Fall ist das nicht, denn ich liebe meinen Beruf.

Wenn ich meinen Vorgesetzten kaum respektiere, so weil ich feststellen mußte, daß er inkompetent und unbesonnen ist. Dieser junge Agraringenieur, Spezialist für den Anbau auf trockenen Böden, fand sich durch einen Geniestreich unserer Bürokratie plötzlich als Direktor des Gartenbauamts unserer Stadt eingesetzt. Er glaubt im

Exil zu sein und schluckt seinen Ärger hinunter, während er darauf wartet, die Wüste fruchtbar zu machen.

– Ich gebe die Hoffnung nicht auf, hat er mir eines Tages anvertraut. Letzten Endes werden Sie meine Versetzung akzeptieren. In der Zwischenzeit kommt es darauf an, politisch keinen Wirbel zu machen.

Er zeigt sich derart willenlos, daß man, in dem Tempo, in dem unsere Parkanlagen verkommen, sogar hier und zwar bald seine Kenntnisse benötigen wird.

Ich bin Parkwächter im Parc de la Liberté. Sie können mir glauben, das ist keine Sinekure, wie Sie wohl gerade gedacht haben.

Ich erkläre es Ihnen.

Schon mein Vater übte dort lange Zeit sein Amt aus, und ich erinnere mich, daß ich auf meinen ersten Spaziergängen als Kind von der prächtigen Fülle des Laubs entzückt war. Er brachte mir geduldig die Namen aller Bäume und Blumen bei, ebenso wie ihre oft ferne Herkunft. Die fremden Klänge der Pflanzen- und Ländernamen erregten meine Vorstellungskraft, die zum Flug abhob, um mich in paradiesische Gefilde zu führen. Er ließ mich träumen, nickte dazu befriedigt mit dem Kopf. Während die meisten Eltern ihre Schritte beschleunigten, wenn sie sich der nackten Statue näherten, ihre neugierigen Gören am Handgelenk hinter sich herziehend, ließ mich mein Vater die Reize der schwarzen Aphrodite entdecken. Es sollte nicht lange dauern, bis ich mich auch in die Göttin verliebte, und zu hoffen begann, die Nachfolge meines Erzeugers anzutreten, wenn eines Tages die Zeit für ihn käme, in Rente zu gehen. Doch er verstarb viel zu früh, den Komplikationen einer schweren Bronchitis erlegen, und der Posten wurde einem seiner Kollegen anvertraut. Am Ende meiner Berufsausbildung wurde ich im Jardin du 1er Novembre eingesetzt, der in einem dichtbevölkerten Stadtviertel liegt. Stellen Sie sich ein weitläufiges

Brachland vor, das von einem einfachen Drahtzaun um-
grenzt wird. Keine Pflanze hat dort jemals wachsen können. Die verheerenden Einfälle der unzähligen örtlichen
Kinderscharen, die lieber über ein Fußballfeld verfügen
wollten, behielten die Oberhand über meine Bemühun-
gen. Alles was ich zu pflanzen versucht habe, wurde mit
Füßen niedergetreten. Bald blieb mir nichts anderes
übrig, als um meine Versetzung zu bitten.

Achtzehn Monate mußte ich mich gedulden. In der Zwischenzeit wäre ich, da ich wenig zu Glücksspielen neigte,
fast zum Frömmler oder Säufer geworden.

Der Tag meiner Amtseinführung im Parc de la Liberté
war der schönste meines Lebens. Mein Vorgänger, der in
Rente ging, schaute mich mit enttäuschter Miene an, bevor er mir mit einer zögernden Geste die Schlüssel über-
reichte.

– Ich bin mir durchaus bewußt, sagte ich zu ihm, welche
Ehre mir zufällt, Ihre Nachfolge anzutreten. Sie selbst
haben diese Schlüssel von meinem Vater erhalten, der
mir beigebracht hat, daß dieser Park ein echter botani-
scher Garten ist, achtundsiebzig verschiedene Baumar-
ten und hunderteinundzwanzig Pflanzen und Blumen
reich, darunter die seltensten und empfindlichsten. Ich
kann Ihnen auf der Stelle alle ihre Namen nennen und ihre Herkunft angeben. Ich kenne bis in ihre Einzelheiten
die Biographien aller Bildhauer, die diesen Ort mit Syl-
phiden und Göttinnen bevölkert haben, darunter die
prächtige schwarze Aphrodite. Folglich kann ich den
Umfang der Aufgabe einschätzen, der mich erwartet,
wenn ich mich Ihnen würdig zeigen will.

Mein Gegenüber beehrte mich mit einem breiten
Lächeln.

– Ich glaube, ich werde ruhigen Herzens in Rente gehen
können. Ich werde Sie häufig besuchen kommen.

Ja, ich war glücklich. Ich hatte endlich meinen Kinder-
traum verwirklicht, und das Lächeln des alten Mannes
sollte mich auf meinem neuen Posten bestätigen.

Nein, ich hatte mir keinen ganz ruhigen Posten ausgesucht und ich sollte bald die zahlreichen mit ihm verbundenen Schwierigkeiten entdecken. Ausdrücklich ist meine Aufgabe nur den Aufsichtsdienst während der allgemeinen Öffnungszeiten zu versehen. Die Pflege des Parks obliegt einem besonderen Amt der Stadt. Doch drei Tage nach der Übernahme meiner Amtsgeschäfte hatte ich noch nicht einmal den Schnurrbart von einem Gärtner gesehen. Da ich fürchtete, meine Grünpflanzen verdorren zu sehen, ging ich zu meinem Direktor, um ihm dieses Ausbleiben zu melden.

– Normal, erwiderte mir dieser. Keiner unserer Gärtner baut Schnurrbärte an.

– Die Pflanzen müssen gegossen werden, gab ich ihm zu verstehen, sonst werden sie eingehen.

– Ich würde gerne. Aber wo das Wasser hernehmen? Tatsächlich ist allgemein bekannt, daß die Stadt an chronischer Wasserknappheit leidet.

– Gibt es denn keine Tanklastwagen?

– Wenn es kein Wasser gibt, wozu sollen dann Tanks dienen? antwortete er mir. Nur die drei römischen Brunnen ermöglichen es der Bevölkerung, ihren Durst zu stillen. Ohne die Überreste dieser frühen Eroberer würde uns allen, außer den Säufern, die Zunge zum Halse raushängen. Du hast feststellen können, daß sich jeden Morgen vor jeder Quelle eine endlose Schlange von Leuten mit Wassereimern hinzieht. Das Auftauchen eines Tanklastwagens würde zu einem Aufruhr führen. Und das will ich nicht.

Ich hätte ihn fast darauf aufmerksam gemacht, daß er damit über das wirksamste Mittel verfügte, sich in die ödeste Gegend des Landes versetzen zu lassen.

– Doch wenn unsere Mitbürger, fuhr er fort, nicht trinken können, bis sie genug haben, nicht einmal die Trunkenbolde bei dem Bierpreis, scheinen sie allerdings von einer schrecklichen Gefräßigkeit befallen zu sein, nach den Bergen von Abfällen zu urteilen, die die Bürgersteige verstopfen. Als der Bürgermeister, der kein Idiot ist, das sah, hat er kurzerhand alle Tankwagen in Müllwagen umgewandelt. Als ich das sah, habe ich, der ich noch weniger ein Idiot bin, alle meine Gärtner in Anstreicher umgewandelt. Mit Pinseln bewaffnet haben sie nun den Auftrag, die Stämme aller Bäume in der Stadt weiß zu färben. Das gibt ihr einen schmucken Anstrich. Der Bürgermeister ist entzückt. Willst du, daß ich einen Trupp dieser Weißfärber in deinen Garten schicke?

Nach zwei Tagen des Zögerns faßte ich den Entschluß, den Wasserschlauch am Hydranten einer nahegelegenen Straße anzuschließen. Aber nachdem ich am Knopf gedreht hatte, hörte ich nur ein absterbendes Röcheln. Kein Wasser. Ich fragte mich, in was man wohl die städtische Feuerwehr umgewandelt haben könnte.

Zu Hause zurück, entschloß ich mich also, mein Bett ins Badezimmer zu stellen. Ich schlief vollständig bekleidet. Beim ersten Gluckern im aufgedrehten Wasserhahn sprang ich aus dem Bett. Gesegnetes Wasser, sehnsüchtiger erwartet als die Ankunft des Messias! Das Wunder ereignete sich nach den Gesetzen puren Zufalls, aber natürlich nie vor Mitternacht. Während sich meine wach gewordenen Hausnachbarn beeilten, alle hohlförmigen Gerätschaften zu füllen, raste ich die Treppen hinunter und rannte zum Park, um meine seltenen Bäume und Blumen zu gießen, die zu welken begannen. So lief ich außerhalb der Dienstzeit Gefahr, mir das Kreuz zu brechen, falls ich im schlecht beleuchteten Treppenhaus auf einer Stufe ausrutschte.

Parkanlagen sind Orte, die im allgemeinen von Mitbürgern besucht werden, die entweder die Natur oder ihresgleichen lieben. Doch seit meiner Amtseinführung bemerkte ich, daß diejenigen, die meine Domäne bevölkerten, vor allem zu den Leuten gehörten, die es eilig hatten. In der Tat, gegenüber den launischen Biegungen einer betrunkenen Straße bot die Durchquerung des Gartens eine verführerische Abkürzung. Ich sah nur Hausfrauen mit schwer beladenen Bastkörben vorbeihasten, spät aufgestandene Beamten, die mit ständigem Blick auf die Uhr über meine kunstvoll angelegten Primelbeete hinwegschritten, unachtsame Schüler, die beim Fangen spielen meine Rabatte mit Osterglocken niedertrampelten. Nie hatten diese Leute mit ihrer kostbaren Zeit auch nur den geringsten Blick für die geöffneten Blüten meiner Rosenstöcke übrig, oder für den reizenden Cupido, der ihre Bewunderung erwartete.

Eines Morgens, als ich meinen Dienst begann, sah ich, wie er weinte. Nicht aus Enttäuschung, sondern vor Schmerz. Ich stellte fest, daß er kastriert worden war. Ich war nicht sehr überrascht. Seit langer Zeit weiß ich, daß meine Mitbürger ihre Sexualität als Sünde erleben. Sie huren wie brünstige Böcke, aber im Dunkeln und mit geschlossenen Augen. So hat ihr Gewissen am Morgen weniger Mühe, die Erinnerung an ihre nächtliche Raserei zu zensieren. Jeder Gegenstand, der ihr Gedächtnis kitzeln könnte, wird unerträglich für sie. Fehlte gerade noch, daß sie darüber staunen, Kinder zu haben.

Der bedauerliche Zwischenfall nötigte mich, wieder zu meinem Direktor zu gehen.

– Dieser Park dient nur als Durchgang. Ich erbitte Ihre Erlaubnis, eine seiner beiden Türen schließen zu dürfen.

– Bist du etwa ein Konterrevolutionär?

– Um Gottes willen, daran habe ich nie gedacht. Warum denn?

– Diese Leute, die es eilig haben, wie du sagst, sind Proletarier, die den ganzen Tag lang schuften, die um sechs Uhr früh aufstehen müssen, und nicht vor Einbruch der Nacht in ihre Wohnung zurückkommen. Dieser Park hat also wenigstens den Vorteil, sie ein paar Minuten Schlaf gewinnen zu lassen. Ich möchte keinen Streit mit den arbeitenden Massen.

– Nein.

– Wieso nein?

– Es kann sich nicht um sie handeln. Der Park ist von neun Uhr bis neunzehn Uhr geöffnet. Das ist zu spät oder zu früh.

– Ach ja? In diesem Fall bin ich einverstanden.

Hinter einem Schleier aus Jasmin verborgen, machte ich mir das Vergnügen, die durcheilenden Stammbesucher vor der verschlossenen Gittertür schimpfen zu hören. Enttäuscht mußten sie umkehren. Fast hätte ich mich vom Mißmut einer alten Dame umstimmen lassen, die mit ihrem Einkaufskorb beladen, gegen die Gitterstäbe gestoßen hatte. Ich bemerkte, daß sogar mein Nachbar, der Blumenhändler, mir ein finsteres Gesicht zeigte. Dabei hielt ich ihn für jemanden, zu dem man durchaus Kontakt haben konnte, und morgens kam es häufig vor, daß ich vor der Öffnung des Parks einige Minuten bei ihm verbrachte, um Meinungen über die Schlampereien der Stadtverwaltung mit ihm auszutauschen.

Als ich ihn das erste Mal in Aktion sah, in der seltsamen Einbuchtung, die in der Umzäunung des Parks angelegt war, hielt ich ihn für einen städtischen Angestellten. Ich ging auf ihn zu, um ihn zu fragen, ob er Gärtner sei.

– Gott behüte! erwiderte er. Das ist ein viel zu mühseliges Gewerbe.

– Na, was machst du dann hier?

– Der Bürgermeister, der mein Vetter ist, hat mir endlich dieses Stückchen Land zugesprochen, das zu nichts diente.

– Um daraus was zu machen?

– Einen Kiosk mit Blumen. Ich bin also kein Gärtner, aber ich hoffe, mit Gartenerzeugnissen Geschäfte zu machen. Das ist weitaus einträglicher und weit weniger ermüdend.

– Bist du verrückt? Du wirst in wenigen Tagen pleite gehen. Die Bewohner dieser Stadt kümmern sich nur um ihren Bauch. Man sieht nur Fast-Foods und Konditoreien aufblühen. Für den Betrag, den sie ausgeben müßten, um eine Rose zu betrachten, beschweren sie ihren Magen

13

lieber mit einer Torte. Zumal bei der Wasserknappheit das Gewicht jeder Blume in Gold aufgewogen werden muß.

– Ich habe da so meine Vorstellungen, flüsterte er mir fröhlich zu.

Ich muß zugeben, daß ich eine gewisse Sympathie für dieses Original empfand.

– Deine Geschäfte gehen gut? fragte ich ihn jeden Morgen.

Als einzige Antwort rieb er sich frohlockend die Hände. Ihm gefiel meine Entscheidung überhaupt nicht.

– Warum hast du diese Tür hier zum Schließen ausgewählt, und nicht die untere?

Der Blumenhändler sprach kein Wort mehr mit mir, aber das kümmerte mich nicht sonderlich. Tatsächlich habe ich nur das Ausbleiben des netten jungen Mannes bedauert, der es nie vergaß, mir am späten Nachmittag auf dem Weg, seine ausländische Zeitung zu kaufen, einige Komplimente über den Zustand meines Parks zu machen.

Auf diese Weise von den unerwünschten Besuchern befreit, freute ich mich zu sehen, wie meine Insel des Grünen ihre Ruhe und Ausgeglichenheit wiederfand. Die drei Rentner, die zu mir kamen, um ihr Nichtstun angenehmer zu gestalten, schenkten mir ihr dankbares Lächeln. Mein Vorgänger stimmte meiner Initiative zu.

Mehr als zwei Wochen waren sie meine einzigen Besucher. Und dann sah ich eines Tages das erste Liebespaar zögernd vor dem Eingang stehen. Schließlich wagten sie es, ihre Schritte in die Alleen zu lenken, machten einen Rundgang durch den Park, setzten sich für einen Moment auf eine Bank und verzogen sich dann. Am nächsten Tag kamen sie wieder, schon etwas sicherer, denn sie hielten sich an der Hand. Bei ihrem dritten Besuch ließen sie sich in dem unauffälligem Refugium nieder, das von dem dichten Schleier aus Jasmin umgeben war. Dort wagten sie es schließlich, Zärtlichkeiten auszutauschen, die zu lange durch die Feindseligkeit der Straße in ein Korsett gezwängt worden waren. Als sie mir begegneten, wendeten sie schamhaft ihre Blicke ab, während mein Lächeln ihnen versicherte, daß ich ihre seltenen intimen Momente weiterhin schützte.

Einige Zeit später durfte ich mein zweites Paar beobachten. Das junge Mädchen trug ein lächerliches Kinderkleid, als sei sie zu schnell gewachsen, aber ihre großen Augen, hell und unbefangen, strahlten vor Charme. Sie war meine Lieblingsbesucherin. Ihre häufigen Anfälle von Melancholie machten sie noch anziehender. Sie sprach sehr wenig, begnügte sich, das Gesicht ihres Begleiters mit Blicken zu besprühen, dessen Worte sie wie einen seltenen Likör schlürfte. Sie mußte ihn sehr lieben. Hingegen hatte ich für den jungen Mann mit dem schmeichelhaften Schnurrbart, der unaufhörlich schwadronierte, nur wenig Sympathie. Ich verdächtigte ihn, bloß ein Geck zu sein. Ich täuschte mich nicht. Einige Wochen später sah ich ihn, noch arroganter als gewöhnlich, mit einer neuen Begleiterin in meinen Park kommen. Für gewöhnlich bereite ich meinen Liebespaaren keine Ungelegenheiten, aber meine gestrenge Miene gab dem Stutzer deutlich zu verstehen, daß er bei mir nicht mehr willkommen sei. Der Verführer wagte es nicht, wieder zu erscheinen.

Ich glaube, Leute, die sich lieben, besitzen eine Vorahnung, die ihnen hilft, Orte ausfindig zu machen, die ihnen wohlgesonnen sind. Die Liebespaare strömten zu mir. In meinem Park begann es zu rauschen von verstohlenen Küssen, Lachen, gemurmelten Schwüren, gerührten Versprechungen. Freilich gab es mancherlei Betrübliches. Einige waren so geschmacklos, das Asyl auszunutzen, das ich ihnen gewährte, um miteinander zu brechen. Es gab Tränen und Seufzer. Ich war traurig und empört darüber. Andere zeigten eine herzergreifende Treue, zueinander und mir gegenüber. Aber ihre häufigen langen Besuche machten mir schließlich Sorgen.

Eines Tages bemerkte ich einen kleinen weißen Karton, der unter Aphrodites rechte Armbeuge geklemmt war. Es war eine Einladung zur Hochzeit. Ich versäumte es nicht, daran teilzunehmen. Der Beau, den ich abgeschreckt hatte weiterhin meinen Park aufzusuchen, kam, um mich zu begrüßen. Er hatte sich wieder mit seiner Aphrodite verbunden, und ich konnte mir einbilden, daß meine Haltung ihm dabei geholfen hatte.

Und jeden Tag sah ich, wie meine Paare sich an Zärtlichkeiten und Jasminduft berauschten, sich über aufgeblühte Nelken beugten, mit Blicken die Göttin liebkosten, die von ihrem Sockel herab ihre Eintracht zu behüten schien.

Wie Sie sich denken können, dauerte dies nicht lange an.

Eines Morgens, als ich meinen Park betrat, erlebte ich die unangenehmste Überraschung meiner Laufbahn. Aphrodites Kopf war mit weißer Farbe übertüncht. Wie schrecklich! Ihre Lackmaske verlieh ihr eine abstoßende Häßlichkeit. Dieses groteske Schauspiel drohte meine Liebespaare zu verscheuchen. Ich beeilte mich, einen Kanister Terpentin und einen Lappen zu kaufen. Den Vormittag verbrachte ich damit, den Anstrich abzuwaschen. Als ich meine sorgfältige Reinigung beendet hatte, schenkte mir die Statue ein Lächeln zur Belohnung für meine Mühe.

Anschließend begab ich mich an den bevorzugten Zufluchtsort der sehnsüchtigen Paare, um in Ruhe nachzudenken. Wer könnte der Urheber dieses üblen Scherzes, dieser Geschmacklosigkeit sein? Meine Treppennachbarin, deren farblose, dralle Tochter ich verschmähte und die heimtückische Anspielungen auf die Absonderlichkeit meiner Gewohnheiten verbreitete? Sie beschuldigte mich perverser Beziehungen zu Aphrodite und behauptete, daß ich harten und schwarzen Marmor gegenüber zartem und hellem Fleisch bevorzuge. Sollte ich den Blumenhändler verdächtigen, dessen Auslagen immer karger geworden waren und dessen Geschäfte seit der Schließung des eisernen Parktors langsam aber sicher versiegten? Mußte man daraus schließen, daß die Idee ihn frohlocken ließ, sich kostenlos bei mir zu versorgen? Sollte der Liebhaber ausländischer Zeitungen darin verwickelt sein, der durch den Umweg entmutigt, auf seine Lieblingslektüre hatte verzichten müssen? War ich im Recht, wenn ich meinen Vorgänger, der auf meinen Erfolg eifersüchtig war, eines machiavellistischen Manövers verdächtigte? Sollte ich das Ziel eines Komplotts sein, angezettelt von einem Kollegen, der meinen Posten einzunehmen begehrte?

Ein Maler, der mit Pinsel und Kanister durch die angrenzenden Straßen zog, bekam meine ersten Wellen von Wut zu spüren. Der arme Mann versicherte mir, daß er sich darauf beschränke, den Anordnungen des Gartenbauamtdirektors Folge zu leisten, nur die Baumstämme weiß anzustreichen, und daß er nie in meinen Garten vorgedrungen sei.

Tausenderlei Fragen schwirrten durch meinen Kopf, und meine Verwirrung entging meinen Paaren keineswegs. Nach einer mit Alpträumen erfüllten Nacht in meinem Badezimmer fand ich das Gesicht meiner Statue erneut weiß bemalt vor. Der Rückfall schloß die Hypothese aus, daß es sich um einen Scherz handle. Angesichts des besonders schwerwiegenden Attentats entschied ich mich sofort, den Park zu schließen, um meinem Direktor Bericht zu erstatten.

An diesem Tag zeigte er sich von besonderer Umgänglichkeit. Er teilte mir mit, daß er bester Hoffnung sei, bald seine Versetzung zu erhalten. Mein zerknitterter Gesichtsausdruck konnte seine Freude nicht trüben. Trotz meines häufigen, ungeduldigen Hüstelns gab er sich in meiner Gegenwart seinen Träumen hin. Ausführlich legte er sein Projekt dar, den Bananenanbau in der Wüste einzuführen.

– Bei dem Preis, zu dem diese exotischen Früchte bei uns

gehandelt werden, wird sich herausstellen, daß ein Hektar Sand mehr Gewinn bringt als eine Ölquelle, versicherte er mir.

Schließlich ließ er sich herab, mich nach meinem Anliegen zu fragen. Mein Bericht verwandelte seine gute Laune in freimütiges Gelächter.

– Es gibt keinen Grund zur Beunruhigung, sagte er mir. Zweifellos handelt es sich um die Tat eines Witzboldes.

– Letzte Nacht hat er wieder damit angefangen.

– Ein rückfälliger Witzbold also.

– Ich verstehe nicht, warum er sich ausgerechnet der Aphrodite annimmt.

– Zweifellos ein kunstliebender Witzbold.

– Und warum malt er ihr den Kopf weiß an?

– Dann eben ein rassistischer Witzbold.

Beinahe hätte ich meinen Vorgesetzten darauf hingewiesen, daß mir wenig danach zumute war, seine Scherze zu würdigen. Ich schlug ihm vor, eine Klage wegen Beschädigung öffentlichen Eigentums einzureichen.

– Eine Klage gegen wen?

– Gegen Unbekannt. Ich habe alles unverändert gelassen, damit der Tatbestand aufgenommen werden kann.

– Die Polizeibeamten würden dich zu deinem Grünzeug zurückschicken. Sie haben zuviel mit den Opfern aus Fleisch und Blut zu tun, um sich mit denen aus Marmor zu beschäftigen. Du weißt genau, daß unsere intoleranten Frömmler nicht nachlassen, Frauen auf der Straße unter dem Vorwand, sie trügen zu gewagte Kleidung, anzugreifen. Wie wäre ihre Reaktion erst, wenn sie bemerkten, daß deine Aphrodite überhaupt keine Kleidung trägt? Selbst wenn sie nur aus Marmor ist, ihre unkeusch zur Schau gestellten Reize würden ihren Zorn erregen. Nein, glaube mir, ihr Fall ist nicht zu vertreten. Wir könnten zur Zielscheibe ihrer Predigten werden, und das will ich nicht. Es ist nicht der richtige Moment dafür. Ich lege Wert auf meine Versetzung.

– Was tun wir dann?

– Man könnte ein Schutzgitter um sie herum errichten.
– Aphrodite einsperren?
– Sie mit einer Plane bedecken?
– Aphrodite verschleiern?
– Sie abmontieren und in einem städtischen Geräteschuppen unterbringen?
– Aphrodite deportieren?
– Ich glaube, letzten Endes ist es das beste Mittel, den Spaßvogel zu entmutigen, wenn man ihn die Frucht seiner nächtlichen Tätigkeit genießen läßt.
– Aber das ist nicht möglich!
– Warum denn nicht?
– Ihr Kopf paßt nicht zum Rest ihres Körpers. Ihr Anblick ist erschreckend.
– Tatsächlich?
– Versuchen Sie, sich einen weißen Kopf auf einem übrigen schwarzen Körper vorzustellen.
– Ich habe eine Idee, rief mein Direktor freudestrahlend.
– Und?
– Du malst den übrigen Körper auch weiß an. Der nächtliche Maler wird entmutigt sein.
– Das wäre gegen die Natur. Marmor ist nicht dazu da, um mit Vinyl verputzt zu werden. Das würde alle meine Liebespaare in die Flucht schlagen.
– Deine Liebespaare? Solltest du diesen Ort der Ruhe in einen Ort der Verderbnis verwandelt haben? Wenn die Frömmler in der Stadt entdecken, was sich dort abspielt, wird es Sodom und Gomorrha geben. In ihren Augen wirst du die Ketzerei der Wollust hinzugefügt haben. Denn man darf nicht vergessen, daß unsere Religion den Götzendienst verbietet. Sie sagt, daß es keinen anderen Gott als Gott gibt, und deine Göttin wird von der Höhe ihres Sockels stürzen.
– Muß der Bürgermeister benachrichtigt werden?
– Bloß das nicht. Unser Ädile ist zwar ein Ignorant ersten Ranges, aber deshalb ist er noch lange nicht dumm. Er weiß, woher seine Stimmen kommen, und sein Man-

dat geht dem Ende zu. Er ist fähig, diesen Ort der Erholung in einen Ort des Gottesdienstes zu verwandeln, um die Stimmen der Bekehrten einzusammeln. Und ehe du dich versiehst, wirst du mit Farbtopf und Pinsel ausgestattet, die Straßen entlang irren.

Ich hatte schließlich eingesehen, daß sich mein Direktor in aller Freude auf seinen bevorstehenden Aufbruch, die Hände in Unschuld wusch.

Auf dem Rückweg kam ich bei dem Blumenhändler vorbei, der mir mit lachenden Augen nachblickte.

– Ich habe beschlossen, mein Geschäft auf Drogeriewaren umzustellen. Man wird bei mir Farbtöpfe in allen Tönen und die besten Pinsel bekommen. Und für die, die es brauchen, werde ich sogar Verdünnungsmittel verkaufen.

Während ich Aphrodite reinigte, festigte sich mein Entschluß: Von nun an würde ich meine Nächte hinter dem Jasminschleier verbringen, um auf den Übeltäter zu lauern. Ich wollte ihn in flagranti ertappen.

Nach der Schließung des Parks heimgekehrt, schlang ich schnell meine Mahlzeit hinunter, um mit einer Decke ausgerüstet gleich wieder fortzugehen. Vom Treppenpodest aus schaute meine Nachbarin höhnisch lachend zu, wie ich hinunterging.

– Sie täten besser daran, sie abzumontieren und direkt mit in ihr Bett zu nehmen, sagte sie zu mir. Es muß doch sehr unbequem sein, auf den Sockel zu klettern, um sie in die Arme zu schließen. Das Herumtollen an der frischen Luft paßt nicht mehr zu Ihrem Alter, ganz zu schweigen von der nächtlichen Feuchtigkeit, die Schmerzen in ihren Nieren hervorrufen wird.

Ich bemerkte tatsächlich, daß der Herbst die Nächte hatte frisch werden lassen. Meine durch Schlafmangel zerknirschte Miene brachte meine Liebespaare aus der Ruhe. Einige machten sich Gedanken um meine Gesundheit. Ein junger Mann zeigte sich sogar derart fürsorglich, daß ich ihm fast meinen Kummer anvertraut hätte.

Doch meine übliche Zurückhaltung gewann die Oberhand, und ich schwieg.

Ich wußte, daß meine Klientel erst ab zehn Uhr einzutreffen pflegte. Auch wollte ich nach zwei durchwachten Nächten die morgendliche Atempause nutzen, um mich ein wenig auszuruhen. Nachdem ich das Tor geöffnet hatte, suchte ich also erneut die Abgeschiedenheit hinter dem Jasminschleier auf. Als ich die Augen wieder aufschlug, war der Mittag vorbei. Ich stand in Windeseile auf, bestürzt, daß ich mich so bei einer Verfehlung hatte ertappen lassen. Das verständnisvolle Lächeln meiner Besucher entschuldigte mich.

In den seltenen Augenblicken des Schlafs wurde ich von blutigen Träumen gequält. Häufig sah ich ein schweres Maschinengewehr Feuer spucken auf einen Schatten, der sich in die Nacht verflüchtigte.

Der Übeltäter wagte nicht mehr zu erscheinen, und nach einer Woche glaubte ich, daß meine Entschlossenheit ihn endgültig davon abgebracht hätte, seine Untat zu wiederholen. Ich begann mich zu fragen, ob es sinnvoll sei, weiterhin Wache zu halten.

Im Laufe der neunten Nacht weckte mich ein großes Geschrei ringsum, während ich schlotternd vor mich hin döste. Ich öffnete die Augen, um eine Stadt in Aufruhr zu sehen. Ich brauchte mehrere Minuten, um zu begreifen, daß dieses nächtliche Erwachen dem Umstand zu verdanken war, daß es wieder Wasser gab. Ich warf also meine Decke zurück, um den Wasserschlauch anschließen zu gehen.

Am Morgen erlebte ich eine böse Überraschung: erneut sah ich die Maske, mit der man Aphrodite aufgeputzt hatte. Ich zog den Schluß, daß der Verbrecher den Augenblick genutzt haben mußte, als ich den Park bewässerte, um rückfällig zu werden.

Ich entschied, meinen Posten nicht mehr zu verlassen. Ohne Wasser aber sind die Bäume verkümmert. Die Blumen sind eingegangen. Der Jasminschleier ist vertrocknet. Meine Liebespaare, die ihre unauffällige Zuflucht verloren hatten, flohen den Ort.

Alles um mich herum geht zugrunde. Seit er die Katastrophe gesehen hat, geht mein Vorgänger höhnisch lachend vorbei. Aber ich bin fest entschlossen, solange Wache zu schieben, wie es notwendig ist.

Der Demonstrant

Das Klingeln ertönte um sieben Uhr. Die Augen noch geschlossen, lenkte der Mann seine Hand mit einer Bewegung zum Wecker, deren Zielsicherheit die lange Gewohnheit desjenigen verriet, der sich nie richtig ausschläft. Er sprang auf die Füße und ging ins Badezimmer. Auf dem Weg durchwühlte er mit den Fingern sein Haar. Er lächelte sich im Spiegel zu und drehte den Wasserhahn auf.

Nicht das leiseste Blubbern.

– Ein Versuch kann nie schaden, sagte er sich.

Enttäuscht dachte er, die Stadtverwaltung hätte wenigstens anläßlich des großen Tages einen Beweis ihrer Großzügigkeit geben und für einige Stunden die Stauklappen der Wasserleitungen öffnen können.

Er holte den Wassereimer, der in der Küche stand, und studierte mit Freuden den Kalender, der die Wand schmückte.

– Erster Mai, stellte er befriedigt fest, als ob er es vergessen hätte. Mir scheint, die Sonne strahlt heute ganz besonders hell, bemerkte er, als er den Blick zum Fenster hinaus auf den Himmel richtete.

Der Mann hatte die Angewohnheit alleinstehender Menschen, mit sich selbst oder den vertrauten Dingen laut zu sprechen. Er nahm sich viel Zeit, um sich gründlich zu waschen und rasierte sich sorgfältig, bevor er die beiden Enden seines schmalen Schnurrbarts mit der Schere begradigte. Danach genehmigte er sich ein reichliches Frühstück.

– Ich habe noch viel Zeit, sagte er sich. Es genügt, wenn ich um zehn Uhr dort bin. Wenn ich an die Aktion nachher denke, bekomme ich Hunger.

Er machte das Radio an und begleitete die Kampflieder, die nacheinander gespielt wurden, mit einem Triller.

– Ich werde das restliche Wasser zum Geschirr spülen nehmen. Dann ist es wenigstens sauber und ordentlich in der Wohnung. Man weiß ja nie.

Nachdem er mit Säubern fertig war, zog er die Schublade einer Kommode auf und holte eine Schachtel amerikanischer Zigaretten heraus. Im tiefen Sessel seiner musikalischen Freuden versunken, genoß er langsam jeden Zug des blonden Tabaks und das Glück, noch soviel Zeit zu haben.

Dann ging er seinen Festtagsanzug holen. Bei der Wahl der Krawatte zögerte er einen Moment.

– Man sollte unauffällig bleiben, entschied er schließlich. Die Schwarze mit den roten Streifen dürfte die richtige sein.

Er betrachtete sich im Spiegel des Schranks und war mit dem Ergebnis zufrieden. Er schaute auf seine Armbanduhr, sie zeigte acht Uhr dreißig.

– Zeit zu gehen. Schließlich dürften die Busse heute noch seltener fahren als sonst.

Er nahm die Leinentasche, aus der ein langer, neuer Holzstiel herausragte, warf noch einmal einen Blick in die Runde, ob auch alles in Ordnung war, und lief in Richtung Tür. Auf der Suche nach dem Schlüssel griff er mit der Hand in die Jackentasche, als ihm ein Gedanke durch den Kopf schoß.

– Habe ich auch den Wasserhahn richtig zugedreht? Er stellte fest, daß der Hahn noch offen war, und sah in seiner Geistesgegenwart ein gutes Omen.

– Angenommen, während meiner Abwesenheit würde das Wasser wieder angestellt werden, gäbe das bis zu meiner Rückkehr eine schöne Überschwemmung.

Als er die Tür öffnete, stand er direkt vor seiner Nachbarin. Die schwatzhafte Matrone schien ihre Tage auf dem Treppenabsatz zu verbringen, wachsamer als ein Hauswart, der säumigen Mietern auflauerte. Er beeilte

24

sich, sie zu grüßen, und machte ihr zuliebe eine Bemerkung über die Schönheit dieses Frühlingsmorgens.

– Naja, knurrte sie, und ihr häßlicher Flunsch unterstrich noch ihre sprichwörtliche schlechte Laune. Aber alle Geschäfte nutzen den Feiertag, um die Läden runterzulassen. Nicht mal Brot oder Milch gibt's. Was soll ich denn jetzt meinen Kindern zu essen geben?

Sie hatte wirklich viele davon. Sie schien den bevorstehenden Tod ihres Mannes vorausgeahnt zu haben und hatte sich eiligst mit einer zahlreichen Nachkommenschaft versorgt.

Ihren mächtigen Busen betrachtend, war er versucht, ihr den unverschämten Rat zu geben, sie an die Brust zu nehmen. Doch er machte lieber einen klugen Rückzieher und begann die Treppe hinunterzulaufen.

– Wollen Sie etwa einen Heiratsantrag machen? warf sie ihm hinterher.

Er drehte sich um. Die Klatschbase grinste ihn spöttisch an.

– Ganz genau, bestätigte er.

Im Erdgeschoß angekommen, verharrte er einige Sekunden unbeweglich im Eingangsflur, dann wagte er sich in die Sonne, so ähnlich wie man den Rubikon überschreitet.

Als ihm die erfreuliche Helligkeit voll ins Gesicht schien, schickte er ein breites Lächeln gen Himmel.

– Zum Glück fällt der Tag der Arbeit in den Frühling.

Die Trottoirs waren von Trauben untätiger Jugendlicher belagert. Die Schlangen disziplinloser aber geduldiger kleiner Kinder vor den Türen der geschlossenen Bäckereien wurden immer länger. Der Mann fragte sich, weshalb die Händler der Stadt jeden Feiertag ausnutzten, um ihre Läden zu schließen.

– Warum sich so dem Verkauf verweigern? Vielleicht haben sie schon zuviel Reichtümer angesammelt?

In den wenigen geöffneten Cafés wimmelte es von Menschen. Weit und breit kein Tisch mehr frei. Die Ellbogen auf das Resopal der Tische gestützt, langweilten sich die Gäste furchtbar. Die Gespräche waren steckengeblieben. Die Kunden fragten sich, was sie mit diesem Tag anfangen sollten, der gerade erst begonnen hatte. Der Mann dachte, es sei bedauerlich, daß man die Aufmärsche zum ersten Mai aufgehoben hatte.

– So eine Parade ist nicht unnütz und teuer, wie viele heutzutage meinen. Wenn die Arbeiter nebeneinander auf der Straße marschieren, bekommen sie ein Gefühl für ihre herausragende Stellung. Einmal im Jahr stellen sie sie vor der ganzen Welt unter Beweis, und zwar auf der Straße, in der Sonne, wo sie doch sonst das ganze Jahr über in Fabrikhallen eingeschlossen sind.

Die Bushaltestelle war verlassen.

– Wenigstens werde ich mich heute nicht prügeln müssen, um in den Bus zu steigen.

Nach der Wartezeit von einer halben Stunde tauchte ein fast neuer, schon klappriger Überlandbus auf, der eine riesige schwarze Rauchsäule hinter sich herzog. Die automatisch schließende Tür, deren Gummipuffer in Fetzen herabhingen, öffnete sich nur unter den Ellbogenstößen der Fahrgäste.

– Warum werden derart kostspielige Fahrzeuge nicht anständig gewartet?

Der Schaffner schrie die Endstation des anonymen Busses durch die offene Fensterscheibe.

Einige bereits zugestiegene Reisende protestierten, weil sie wieder aussteigen mußten. Ihr Rückstrom warf diejenigen, die auf den Trittbrettern standen, auf das Trottoir. Es dauerte einige Minuten, bis wieder Ruhe einkehrte.

Der Mann, der nach wie vor seine Tasche mit sich trug, schlängelte sich durch die Menge bis zum Fahrer. Dieser warf einen Blick in den Rückspiegel und lächelte dem Fahrgast zu, den er soeben erkannt hatte.

– Salü, Genosse, begrüßte er ihn. Hast du auch heute Dienst?

Der Fahrgast erwiderte sein Lächeln.

– Nein, nein, das nicht. Ich fahre ins Stadtzentrum. Für mich ist dies ein besonderer Tag.

Der Busfahrer richtete seinen Blick wieder auf die Straße und begann, sein Lieblingsgedicht von Rudyard Kipling vor sich hinzumurmeln.

Nachdem er ausgestiegen war, grüßte der Mann den Busfahrer zum Abschied. In flottem Laufschritt, aber sehr darauf bedacht, den Abwasserlachen auszuweichen, die das Trottoir verschmutzten, bog er in ein Gäßchen ein.

– Wenn ich mich nicht in acht nehme, wird der Aufschlag an meiner Hose nicht mehr schön anzusehen sein.

Doch dem Regen aus der über den Balkonen aufgehängten Wäsche konnte er nicht ausweichen. Seine Haare waren bald durchnäßt. Tief betrübt hob er seinen Blick zu den Balkonen und fragte sich, ob man nicht mit aller Strenge gegen diese mit Kindern reichlich gesegneten Familienmütter vorgehen sollte. Schließlich mündete er in die Hauptverkehrsader der Stadt ein. Die Breite der Trottoirs bot Schutz vor den Gefahren, die im freien Fall aus den oberen Stockwerken der Gebäude eintreffen konnten. Auf der Straße wimmelte es von Menschen und Autos.

– Wie kann eine so kleine Stadt soviel Leute beherbergen? Wo verbringen sie die Nacht, um bei Sonnenschein so zahlreich wieder aufzutauchen?

Seine Augen suchten nach einem sicheren Übergang und fünfzig Meter weiter konnten sie einen erkennen. Die weißen Farbstreifen waren gerade noch sichtbar. Er lief auf den ehemals schraffierten Übergang zu. Er unternahm mehrere Anläufe, auf die Fahrbahn zu treten, mußte jedoch jedesmal zurückweichen, denn die Autofahrer schienen Vergnügen daran zu finden, Gas zu geben, wenn sie sich einer Fußgängerfurt näherten. Eine Lücke der dröhnenden Herde ermöglichte es ihm, vorwärts zu kommen. In der Fahrbahnmitte angelangt, blieb der Mann stehen. Die Autoströme spalteten sich wie Wellen an einem Riff. Er verweilte einen Moment,

die Fahrer anlächelnd, die ihn umfuhren, und er gestattete es sich sogar, dem einen oder anderen andeutungswei-
se ein Handzeichen zu geben. Man mußte ihn für einen
jener Irren halten, von denen die Stadt voll war.

Schließlich kniete sich der Mann nieder und begann das
Holzschild aus der Tasche zu holen, in die es eingepackt
war. Als er sich wieder aufrichtete, mit gewölbtem
Brustkorb und nach oben gerichtetem Blick, hielt er den
Stiel des Transparents mit beiden Händen fest umklam-
mert. Dann ging er mit langsamen Schritten der Blechla-
wine entgegen, spaltete sie, ohne auf das Durcheinander
zu achten, das er schuf. Etliche Fahrer bremsten sogar,
um diesen Sonderling, der sie mitten auf der Fahrbahn
herausforderte, besser in Augenschein zu nehmen, und
sorgten dabei für einen zähflüssigeren Verkehr. Stutzig
geworden strömten einige Gaffer halb belustigt herbei.

Unerschütterlich setzte der Mann seinen Weg auf der
Fahrbahnmitte fort, schwenkte sein Plakat hoch über
dem Kopf, darauf standen in kalligraphischer Schrift, zuerst arabisch, dann französisch, folgende Worte:

تحيا الرئيس

VIVE LE PRESIDENT

Das Auftauchen des einsamen Demonstranten räumte
die Trauben untätiger Jugendlicher von den Trottoirs,
denn sie begannen den sonderbaren Präsidentenfan zu
begleiten.

Die beiden Invaliden, die unter dem Bogen eines ver-
mauerten Ausgangs Schutz gesucht hatten und in ein
Damespiel vertieft waren, bekamen von all dem nur ein
ungeordnetes Getrampel mit. Der Einbeinige, der einen
Vorsprung in der Partie hatte, ließ es sich nicht nehmen,
aufzustehen, um seinen Rücken zu strecken.

– Ich nehme an, daß es wieder diese Fußball-Fanatiker

sind, sagte er, ohne die Straße eines Blickes zu würdigen. Jedesmal wenn ihre Mannschaft gewinnt, gibts ein Fest in den Straßen. Verliert sie aber, lassen sie ihre Wut an den Autoscheiben aus.

Entschlossen, sich in dieser kritischen Phase des Spiels durch nichts ablenken zu lassen, nickte sein Partner mit dem Kopf, ohne zu antworten. An diesem Tag der Arbeit, an dem nicht einmal die Tageszeitungen erschienen, konnte der Zeitungsverkäufer, um seine Niederlagen zu erklären, nicht den Vorwand zu Hilfe nehmen, er hätte durch seine Kunden den Faden seiner geschickten Strategien verloren. Folglich galt es an diesem ersten Mai, seinen hochmütigen Gegner zu schlagen, der mit einem besonderen Vergnügen täglich seine Überlegenheit herausstrich.

– Darauf brauchst du dich gar nicht zu versteifen, versicherte ihm der Einbeinige, selbst wenn du jede Nacht trainieren würdest, könntest du mich niemals besiegen. Genau das tat der Einarmige insgeheim, der jeden Tag von Dünkel und Überheblichkeit seines Kameraden gedemütigt heimkehrte. Zu den Mahlzeiten klappte er neben seinem Teller, dessen Inhalt er gleichgültig hinunterschlang, sein Damebrett auf und strengte seinen ganzen Verstand an, um die teuflischen Strategien auszuhecken, die am nächsten Tag Verwirrung in den gegnerischen Reihen stiften sollten. Die Zugkombinationen seiner Steine beschäftigten ihn regelmäßig bis tief in die Nacht hinein. Vergeblich durchwachte Nächte. Am nächsten Tag holte der Zeitungsverkäufer in der Anfangsphase einen Vorsprung heraus, doch als für ihn schon alles verloren schien, als Moskau schon brannte, entdeckte Koutouzov den entscheidenden Abwehrzug, der ihm den Sieg sicherte und seinen Feind fassungslos ließ, vor ohnmächtiger Wut kochend.

– Du solltest endlich einsehen, daß du mir auf diesem Gebiet, wie auch auf anderen, niemals ebenbürtig sein wirst. Selbst wenn du mit einer Hartnäckigkeit sondergleichen und gegen alle offensichtlichen Tatsachen behauptest, daß der rechte Arm, der dir fehlt, dich weniger behindert wie mich, der ich nur ein Bein habe.

– Und ich halte die Behauptung aufrecht.

– Mein armer Freund. Ein Bein dient nur zum Laufen. Eine Krücke oder ein Holzbein können es leicht ersetzen. Und wenn ich eines Tages die Prothese bekomme, die ich bestellt habe, bin ich ebenso gut zu Fuß wie du.

– Aber du wartest schon seit drei Jahren darauf.

– Letztendlich wird sie kommen. Es stimmt, hierzulande hat keine meiner Anfragen auch nur die geringste Antwort erhalten. Aber die Franzosen sind seriöse Leute. Das ist nicht ins Leere geredet, ich habe sie während des Kriegs kennengelernt. Ich habe ihnen geschrieben, und sie haben mir ein Faltblatt mit allen Einzelheiten und den Preisen der Vorrichtungen geschickt. Dank der Kriegsinvalidenrente, die mir Frankreich zugesprochen hat, konnte ich einen hohen Scheck in Francs ausstellen, dessen Empfang mir sogar schriftlich bestätigt wurde. Unglücklicherweise geschah es, daß mein verschwenderischer Sohn während seines letzten Paris-Aufenthalts die Rücklagen auf meinem Bankkonto restlos ausgegeben hatte. So war ich gezwungen, mir einen neuen Lieferanten zu suchen, der es nicht versäumte, mir seine Angebote zu unterbreiten. Sie waren weit ungünstiger als die vorhergehenden. Deshalb zögerte ich. Einige Monate später fiel mir ein, daß ich mit einem Kriegskameraden in Kontakt treten könnte, der während des gesamten Italienfeldzugs an meiner Seite kämpfte. Wir setzten Ellbogen an Ellbogen zum Sturm auf Stellungen in den Bergen an, die wir umzingeln sollten. Bei der Explosion einer Granate wurde mein rechtes und sein linkes Bein weggerissen. Ebenbürtigkeit bedeutet vor allem eine gleichberechtigte Teilung der Risiken. Nach den Amputationen hat er auch behauptet, er sei weniger behindert als ich, nur daß er anstelle von Arm und Bein links und rechts durcheinanderbrachte. Ich hatte keine Mühe, ihm den

Irrtum seiner Überlegungen vorzuführen. Aber er hat es mir lange Zeit übel genommen. Deshalb habe ich ein paar Ausflüchte gesucht, bevor ich ihm schrieb. Sein Brief zeigte mir, daß er nicht nachtragend war. Er teilte mir die Adresse eines Spezialisten mit, der ihn selbst versorgt hatte. Ich werde also nicht mehr lange warten müssen, bis ich meine Prothese in Empfang nehmen kann.

– Seit zehn Monaten erzählst du mir immer dieselbe Geschichte.

– Sicher. Aber kommen wir auf unsere Debatte zurück. Die Hand, die Hand ist natürlich etwas ganz anderes. Nicht zuletzt dank dieses Körperteils vermochte es der Mensch, den Planeten zu beherrschen. Vergiß nicht, daß der Primat seine Überlegenheit über die anderen Tiere nur dadurch sicherstellen konnte, daß er es schaffte, aufrecht zu gehen, wodurch es ihm möglich wurde, seine vorderen Gliedmaßen frei zu halten. Die Hände. Wunderbare Werkzeuge, gewandt und feinfühlig, deren Daumen sich genial gegen die Finger stellt, was ihnen zu greifen erlaubt. Scheint eine Kleinigkeit zu sein, doch es ist ein Wunder. Die Handfläche, die sich öffnet, um die Wange eines weinenden Kindes zu streicheln oder die Haare der wollüstig schnurrenden Geliebten oder die sich wieder schließt, um hart zu werden wie die Faust, die zuschlägt und blaue Flecken hinterläßt. Schau dir die behenden Finger an, die über die Elfenbeintasten des Klaviers huschen, die die dünnen Saiten der Laute zupfen und diese Melodie für dich erklingen lassen, die kristallklarer ist als mein schallendes Kinderlachen, die Sehnsucht nach den alten Zeiten. Komm und bewundere die Kunst des Taschenspielers, der Eier, Karten oder bunte Seidentücher verschwinden und wieder auftauchen läßt. Denk an den mit äußerster Sorgfalt geführten Pinsel, welcher der Mona Lisa ihr Lächeln gab. Wunderst du dich denn nicht, wenn du siehst, wie es den Fingern gelingt, das unendlich kleine, unendlich präzise Getriebe einer Damenarmbanduhr zu justieren? Denk an die Zeichner, an die Kalligraphen, an die Messingschmiede, an die Stickerinnen, an den Ton, der in den Händen des Töpfers schmiegsamer ist als die Geliebte während der Liebkosungen ihres Liebhabers. Denke doch nur einmal an die Bedeutung der Chirurgenhände, denen es obliegt deinen Bauch zu öffnen, die mit deinen fragilen Organen hantieren und anschließend alles wieder geschickt vernähen werden. Und du willst diese großartigen Instrumente mit gewöhnlichen Beinen vergleichen?

– Es würde mir auch nicht einfallen, die Geschicklichkeit der Hände zu leugnen. Ich sage nur, daß für die meisten Handlungen, die sie ausführen, im Prinzip eine Hand genügt. Wohingegen man zum Laufen beide Beine benötigt. Ich aber erfreue mich meiner uneingeschränkten Bewegungsfreiheit. Trotz meines Alters kann ich noch rennen, tanzen, springen, Fußball spielen, den Spitzbuben verfolgen, der mir eine Zeitung gestohlen hat, die Stufen einer Treppe vier oder, sagen wir zumindest, drei auf einmal nehmend hoch- und runterlaufen, oder dich mit einem leichten Klaps zu Boden strecken, daß dein letzter Huf in der Luft strampelt. Während für dich die geringste Ortsveränderung zum Problem wird.

Das war selbstverständlich eine Debatte ohne Ende, und ihre beiden Hauptdarsteller verfeinerten ihre Strategien und Argumente geduldig von Tag zu Tag.

Der erste Polizist, der den einsamen Demonstranten bemerkte, blieb einen Moment stehen und zwinkerte mehrmals mit den Augen, zweifelsohne um sich von der Wirklichkeit der Szene zu überzeugen. Instinktiv ging er einen Schritt vorwärts, wagte jedoch keinen zweiten. Eine Menge Fragen mußten auf das Gehirn des Ordnungshüters einstürmen. Unschlüssig, welches Verhalten angemessen sei, machte er kehrt und bog in eine Querstraße ab. Dieser Polizist war ein Weiser. Hundert Meter weiter oben war auch der zweite Beamte vor Verblüffung stillgestanden. Doch er brauchte sich nicht selbst zu befragen, welche Haltung einzunehmen war: Er war mit einem Walkie-Talkie ausgerüstet. Deshalb informierte er seinen Brigadeführer, der irgendwo im Viertel mit dem Auto spazierenfahren mußte. Dieser Polizist war ein besonnener Mann.

Trotz seines Dienstgrades mochte auch der Brigadechef nicht die Initiative ergreifen. Er alarmierte per Funk seinen Kommissar. Dieser tätigte ein paar hektische Anrufe beim Präsidium, der Partei, der Gewerkschaft. Alle drei Antworten lauteten gleich und waren kurz angebunden: Nein, heute ist keine Demonstration vorgesehen. Seine Gesprächspartner gaben ihm zu verstehen, daß man es nie versäumen würde, zu jeder öffentlichen Kundgebung am Vortag Presse und Polizei zu verständigen, die eine um das Volk zusammenzuholen, die andere um es zu überwachen.

Also befahl der Kommissar dem Brigadeführer, die sonderbare Person abzufangen.

Die Situation wurde langsam kritisch, denn der Träger des Transparents war kurz davor, den Präsidentenpalast zu erreichen. Doch einige Meter vor dem vergoldeten Portal erwartete ihn der dritte Ordnungshüter. Überzeugt davon, daß ihm die Nähe zu einer so bedeutenden Stätte eine besondere Verantwortung auferlegte, entschied dieser, unverzüglich einzugreifen. Er war ein ehrgeiziger Polizist. Gerade in diesem Moment erschien der Wagen des Brigadeführers und lud den guten Mann unverzüglich ein. Er ließ sich abführen, ohne zu protestieren oder Widerstand zu leisten.

Man schloß den Mann und seine Ausrüstung in ein Kommissariatsbüro ein. Der Polizeichef wußte nicht so recht, was er mit dem Spinner anfangen sollte, den er soeben, an diesem Tag der Arbeit, übernommen hatte. Nach reiflicher Überlegung beschloß er, seinem Adjutanten die Aufgabe zu überlassen, ein erstes einleitendes Verhör durchzuführen.

– Ich habe dich zur Genüge vor der Unvorhersehbarkeit

von politischen Dingen gewarnt. Du wirst dich also bemühen, auf eine Art und Weise vorzugehen, die ausschließt, daß der Knüppel auf uns zurückfällt, was bei einer derart delikaten Angelegenheit jederzeit möglich ist. Was mich betrifft, ich muß jetzt Milchpulver einkaufen, für meinen Jüngsten.

– Sollten Sie welches finden, denken Sie auch an mich. Ich habe dasselbe Problem. Das Produkt ist derzeit einfach nicht aufzutreiben.

– Einverstanden. Du erstattest mir Bericht, wenn ich zurück bin. Ich muß zugeben, daß mir beide Angelegenheiten ein wenig Sorge bereiten.

Der Demonstrant wurde ins Büro des Brigadeführers gebracht, der ihn aufforderte, sich zu setzen, und ihn Zigarette rauchend zu beobachten begann. Der Mann blieb brav sitzen, weder selbstsicher noch ängstlich, und diese vollkommen neutrale Haltung verwirrte den Polizeibeamten, dem es weder gelang, ihn einzuschätzen, noch den wirkungsvollsten Ansatzpunkt für die Unterredung zu finden. Also beschloß er, sich erst mal Zeit zu lassen, um nachzudenken, und nachdem er aus der Schublade ein umfangreiches Formular hervorgeholt hatte, begann er, seinem Mann Fragen zu stellen, die dieser mit einer bemerkenswerten Gutwilligkeit beantwortete. Er lieferte alle notwendigen genaueren Angaben, als ob er Wert darauf legte, daß keine Einzelheit im Dunklen bleibe, daß seinem Gesprächspartner keine einzige Nuance entgehe.

Der Polizeibeamte notierte alle Antworten sorgsam in die dafür vorgesehenen Felder des Fragebogens und ließ ihn nötigenfalls seine Angaben wiederholen. Nachdem auf diese Weise eine gute Stunde verstrichen war, richtete der Brigadeführer seinen Oberkörper wieder auf, und schob das gewichtige Dokument mit dem Handrücken zur Seite.

– Soweit, so gut, sagte er. Jetzt, nachdem wir den Erfordernissen der Verwaltung Genüge getan haben, können

34

wir dazu übergehen, die Angelegenheit zu besprechen, die uns beschäftigt. Erklären Sie mir doch, wie dieses Mißverständnis zustande kam.

– Welches Mißverständnis?

– Das frage ich Sie!

– Ich verstehe nicht.

– Ja, ich auch nicht.

– Und nun?

– Nun, ich sehe, Sie sind ein ehrbarer Familienvater.

– Nein.

– Wie bitte?

– Ich bin kein ehrbarer Familienvater. Ich bin kinderloser Witwer. Sie haben es gerade in ihrem Dokument festgehalten.

– Ich wollte nur zum Ausdruck bringen, daß Sie mir ein Bürger mit untadeligem Verhalten zu sein scheinen.

– Das gebe ich gerne zu.

– Folglich ist es unser Ziel, herauszufinden, daß ihre Tat die Folge eines bedauerlichen Irrtums ist. Sie sind sicher ein pflichtbewußter Arbeiter. Die Sektion der Gewerkschaft in ihrem Betrieb hat Sie ordnungsgemäß aufgefordert, an einer Demonstration zum ersten Mai teilzunehmen. Bei Ihrem Sinn für politisches Engagement fühlten Sie sich verpflichtet, hinzugehen.

– Nein.

– Doch, doch, natürlich, ich schließe die Augen nicht vor dem tatsächlichen Ablauf der Dinge. Sprechen wir ganz offen miteinander. Ich weiß genau, daß die Verantwortlichen einen allgemeinen Aufruf durchführen und die Namen der Abwesenden ankreuzen, die mit Abzug eines vollen Arbeitstages von Ihrem Lohn bestraft werden. Das Vorgehen ist absolut illegal, aber was sollen wir tun? Bei uns, bei der Polizei, läuft es genauso.

– Sagen Sie bloß?

– Absolut. Ich nehme also an, daß die Einladung zur Demonstration von Ihrer Gewerkschaft Sie so wenig interessiert hat, daß Sie den Ort der Versammlung verwechselt haben. Ihr Versehen ist das Ergebnis einer sehr verständlichen Gedankenlosigkeit.

– Nein.

– Wieso nein? Ich weiß sehr wohl, daß die Meinungsfreiheit in diesem Land nicht sehr hoch im Kurs steht. Aber die Polizei bildet eine Ausnahme von der Regel. Man kann ihr alles sagen. Sie haben nichts zu befürchten.

– Nein.

– Warum denn?

– Ich habe immer an die Notwendigkeit einer permanenten Mobilisierung der Arbeiterschaft geglaubt. Ich messe allen gewerkschaftlichen Aktivitäten die höchste Bedeutung zu. Ich kann also am Vortag des ersten Mai sicher keine Gedankenlosigkeit an den Tag gelegt haben.

– Ich nehme an, daß Sie sich gestern von Ihrem Arbeitsplatz einmal entfernen mußten, was erklären würde, daß sie von der Aufhebung der vorgesehenen Demonstration nicht mehr informiert werden konnten.

– Nein.

– Gut. Einverstanden, ich weiß das auch. Sprechen wir nicht von Abwesenheit. Ihr Vorgesetzter wäre in der Lage, ihnen einen weiteren Tag vom Lohn abzuziehen. Sagen wir, daß Sie in der Stadt aufgehalten wurden. Unsere Führer lassen gern gelten, daß man nicht arbeiten will. Das ist betrüblich. Aber sie verstehen weniger, daß man nicht marschieren will. Das ist politisch.

– Nein.

– Schon wieder?

– Ich habe mich gestern nicht von meinem Arbeitsplatz entfernt. Ich entferne mich nie von meinem Arbeitsplatz. In meinem ganzen Arbeitsleben ist es nur zweimal vorgekommen, daß ich nicht in meinem Büro auf dem Posten war. Das erste Mal am Tag, als meine Frau starb. Das zweite Mal wurde ich gegen meinen Willen festgehalten.

– Gegen ihren Willen festgehalten? Was wollen Sie damit sagen?

36

– Auch an jenem Tag wollte die Polizei die Wahrheit wissen.
– Könnte es schon eine Akte über Sie bei uns geben?
– Das kann sein.
– Erzählen Sie.
– Es liegt lange zurück. Zur Zeit der Kolonialherrschaft.
– Die Fallschirmjäger?
– Ganz genau.
– Dann wären Sie also ein alter Widerstandskämpfer.
– Wir sollten nicht übertreiben.
– Die Polizei hat in der Tat alle alten Akten aufbewahrt. Wir mußten nur die Akten austauschen. Aus den Rebellen wurden Helden und aus den Helden Verräter. Was Sie vorgebracht haben, nehme ich wohlwollend auf. Doch Einzelheiten aus Ihrem Leben interessieren mich zur Stunde nicht. Ich versuche einfach nur, den Ursprung des Mißverständnisses festzustellen, daß dazu geführt hat, daß Sie allein auf die Straße gegangen sind.
– Es gibt kein Mißverständnis.
– Das verstehe ich wieder nicht. Wie konnte es passieren, daß Sie sich dort allein mit Ihrem Plakat einfanden?
– Es war weder Gedankenlosigkeit, noch Abwesenheit vom Arbeitsplatz, noch eine abgesagte Demonstration. Ich ging aus eigenem Antrieb auf die Straße.
– Aus freiem Entschluß?
– Ja.
– Wollen Sie dabei bleiben?
– Unbedingt.
– Bist du verrückt oder was? Weißt du eigentlich, wohin dich das bringt? Bist du dir darüber im klaren, wie sehr dich deine Aussage belastet? Welche absehbaren Folgen sie haben kann?
– Ja.
– Vielleicht bist du schon einmal in einer psychiatrischen Anstalt behandelt worden? Die Frage steht nicht im Fragebogen. Das ist eine echte Lücke.

– Selbstverständlich noch nie.

– Dein geistiges Wohlbefinden muß in letzter Zeit ernsthaft Schaden genommen haben. Mir scheint, du bist von
nun an ein Fall für die Behandlung.

– Ich erfreue mich eines vollkommenen seelischen
Gleichgewichts.

– Es ist hinlänglich bekannt, daß Irre nicht in der Lage
sind, ihren Zustand selbst zu beurteilen. Deine Aussagen
liefern mir den unwiderlegbaren Beweis dafür. Wenn du
im Vollbesitz deiner geistigen Kräfte wärst, würdest du
verstehen, daß es besser ist zu lügen, als die absehbaren
Folgen deiner Handlungsweise hinzunehmen.

– Ich habe nichts zu fürchten. Die Verfassung gibt allen
Bürgern das Recht, ihre Meinung zu äußern. Also habe
ich von diesem Recht Gebrauch gemacht, um meine Unterstützung für die Maßnahmen und die Person des Präsidenten zu bekunden. Soviel ich weiß, ist es nicht verboten, auf die Straße zu gehen und zu demonstrieren, auch
nicht, wenn man allein ist.

– Also, die rechtliche Lage überfordert mich. Ich bin nur
ein Brigadeführer. Und ich bin erst zur Polizei gegangen,
nachdem ich im Abitur durchgefallen bin. Das ist ein Beruf, der mehr körperliche denn geistige Geschicklichkeit
erfordert. Ich konnte schon immer schnell rennen. Da
ich über einen sehr scharfen Blick verfüge, habe ich auch
schnell schießen gelernt. Trotzdem bin ich nicht dümmer
als ein anderer, und ich weiß, daß diese Art von Demonstrationen nur auf Anregung von Partei oder Gewerkschaft organisiert werden. Die Artikel des Textes, auf den
du dich berufst, sind mir völlig schnuppe. Ich glaube
nicht, daß er bei der Polizei gelehrt wird. Da wir heute
Feiertag haben, und ich gerne heimgehen möchte, werde
ich ab jetzt alles notieren, was du aussagst.

– Trotzdem, Radio und Fernsehen reden oft von spontanen Initiativen aus dem Volk, wo die Massen wie ein ein-
zelner Mensch …

– Soll das ironisch sein?

– Nicht im geringsten. Es ist ganz einfach so, daß ich daran glaube.

– Ich werde dir mal klipp und klar sagen, was Sache ist. Ich warne dich, wenn du hier den Schlaukopf spielen willst, wird dich das teuer zu stehen kommen. In diesem Land gibt es nur zwei Tabus: den Propheten und den Präsidenten. Der eine wie der andere sind definitionsgemäß unantastbar. Den einen zu kritisieren, heißt den Islam in den Schmutz ziehen, den anderen zu kritisieren, heißt die Errungenschaften der Revolution preisgeben.

– Ich würde gerne wissen, warum Sie mich hierher gebracht haben, und was mir vorgeworfen wird.

– Du bleibst also bei der Aussage, daß deine Tat wohlüberlegt war und aus freiem Antrieb erfolgte?

– Ja.

– In diesem Fall geht die Angelegenheit über meine Kompetenz hinaus, und ich kann nichts mehr für dich tun. Möge Gott dich behüten, schloß der Polizeibeamte und stand auf.

Der Kommissar wartete in seinem Büro.

– Und? fragte er den Brigadeführer, als er eintrat.

– Und? erwiderte dieser.

– Meine Suche war völlig vergeblich. Nicht die kleinste Packung Milchpulver. Und unser Mann?

Der Polizist erstatte seinem Vorgesetzten Bericht über das Verhör.

– Demnach ist es eine politische Angelegenheit, schlußfolgerte der Kommissar. Das fällt nicht in unser Ressort. Wir werden ihn am besten den zuständigen Stellen übergeben. In gewisser Weise ist mir das ohnehin lieber. Ich hoffe, du hast ihm keine kompromittierenden Fragen gestellt?

– Bestimmt nicht. Ich habe mich damit zufrieden gegeben, den klassischen Fragebogen auszufüllen, und habe ihn bestätigen lassen, daß es sich nicht um ein Versehen handelte.

– Dieser Bursche riskiert nämlich, morgen wegen Hochverrats verurteilt oder mit einem Staatsorden öffentlich
belohnt zu werden. Gut, ich werde den Geheimdienst
anrufen. Sie werden sicher noch einige Zeit brauchen, bis
sie ihn hier abholen. Die Jungs dort haben immer ungeheuer viel zu tun.

– Ich muß Ihnen noch sagen, Chef, daß dieser Mann sich
nicht die geringsten Sorgen über sein Schicksal zu machen scheint. Sind Sie ganz sicher, daß weder Partei noch
Gewerkschaft irgendwelche Versammlungen vorgesehen hatten?

– Das haben mir meine Gesprächspartner alle versichert.

– Vielleicht waren sie schlecht informiert.

– Wie würdest du es erklären, daß er allein unterwegs
war?

– Sie wissen ja, daß die offiziellen Kundgebungen noch
nie große Massen angezogen haben, ungeachtet der ge-
türkten Bilder, die sie im Fernsehen zeigen. Mir selbst ist
es häufig passiert, bei einer Versammlung meiner Parteizelle der einzige Anwesende zu sein.

– Sieh zu, daß er in der Zwischenzeit ordentlich behandelt wird. Und kein Wort, zu wem auch immer. Keiner
unserer Beamten braucht darüber Näheres zu wissen.
Ich hoffe, daß uns der Bursche bis zu seiner Übernahme
durch den Geheimdienst keine Schwierigkeiten macht.
Und vor allem muß er isoliert gehalten werden.

– Wo sollen wir ihn hintun?

– Es wäre am besten, ihn im Büro zu lassen. Bitte einen
deiner Männer, er soll ihm einen Strohsack und eine
Decke reinlegen.

– Wir haben keine mehr, die noch frei wären.

– Wie das? Haben Sie noch mehr Verhaftungen vorgenommen?

– Nein, aber zwei Vettern eines unserer Beamten haben
die Gelegenheit des ersten Mai genutzt und sind ihn besuchen gekommen. Er bewohnt zwei Zimmer mit seinen
vierzehn Kindern. Da er nicht wußte, wohin mit ihnen,

hatte er um die Erlaubnis gebeten, eine Zelle mit ihnen belegen zu dürfen. Das konnte ich ihm nicht abschlagen.

– Sieh zu, wie du klarkommst. Ich will jedenfalls keine Schwierigkeiten mit dem Kerl.

Der Brigadeführer stürzte genau in dem Moment ins Büro des Kommissars, als dieser sich zum Gehen fertigmachte.

– Dieser komische Kauz will mit ihnen sprechen.

– Was will er denn von mir?

– Er weigert sich, es mir zu sagen.

– Hör zu, ich habe seit drei Wochen ununterbochen Bereitschaft, diesen mißlungenen ersten Mai nicht mitgerechnet. Ich bin platt. Also versuch ihn zur Vernunft zu bringen, und besorge ihm alles, worum er bittet.

– Aber er will mit Ihnen höchstpersönlich reden. Er besteht darauf.

– Sein Fehler, brummte der Kommissar, denn ich bin nicht bester Laune.

Der Offizier lenkte seine schneidigen Schritte auf das zur Zelle umgerüstete Büro und öffnete die Tür mit einem heftigen Stoß. Er musterte den Gefangenen, der bei seinem Eintritt aufgestanden war, mit strenger Miene.

– Sind Sie der Beschuldigte? Sie wollten mich sprechen? Ich höre. Fassen Sie sich kurz.

– Herr Kommissar, gestatten Sie mir, daß ich ihnen zuerst guten Tag sage. Da sich mich jedoch gebeten haben, mich kurz zu fassen, komme ich gleich auf mein Gesuch zu sprechen. Wie ich sehe, haben Sie ein Feldbett in diesem Raum aufstellen lassen. Ich darf daraus schließen, daß Sie die Absicht haben, mich hier festzuhalten. Sie haben mich bisher wie einen Angeklagten behandelt. Deshalb würde ich Sie gern fragen, welches Vergehens ich mich schuldig gemacht habe?

– Wie bitte? Sie sind sich der Schwere Ihrer Tat nicht bewußt?

– Ich wußte nicht, daß es in einem demokratischen Land ein Vergehen ist, seine Meinung auszudrücken.

– Ich habe nichts dergleichen gesagt.

– Obendrein habe ich nur meine Unterstützung für den Präsidenten kundgetan. Muß man daraus schließen, daß unser politisches System es verbietet, den Staatschef zu unterstützen?

– Auf gar keinen Fall!

– Was also habe ich Strafbares getan?

– Für Ihren Fall bin ich nicht zuständig. Heute ist der erste Mai, ein arbeitsfreier aber bezahlter Tag, und im ganzen Land erfreuen sich die Arbeiter ihrer verdienten Ruhe. Polizisten sind auch Arbeiter. Morgen wird jemand kommen, der zuständig ist, und Sie mitnehmen. Jene Leute werden Ihnen alle Fragen beantworten.

– Jemand, der zuständig ist? Jene Leute? Das verstehe ich nicht.

– Der Geheimdienst.

– Das ist vollkommen illegal. Keines unserer Gesetze läßt die Existenz einer politischen Polizei zu.

– Warum wollten Sie mich sprechen?

– Ich will wissen, aus welchem Grund Sie mich inhaftieren.

– Lassen wir die großen Worte doch aus dem Spiel. Sie sind nicht verhaftet, sondern werden nur festgehalten.

– Habe ich eine Tat begangen, die das Strafgesetzbuch betrifft?

– Ich habe nichts dergleichen gesagt.

– So sehe ich mich gezwungen, daraus zu schließen, daß ich wegen des Vergehens der Meinungsäußerung festgenommen worden bin.

– Nie im Leben. Dieses Vergehen existiert nach unserer Verfassung nicht.

– Da Sie mich nicht dem Richter überantworten können, müssen Sie mich also freilassen.

– Unmöglich.

42

– Nun, dann beanspruche ich den Status eines politischen Gefangenen für mich.

– Aber du weißt doch genau, daß es in unserem Land keine politischen Gefangenen gibt. Der Präsident hat es vor ausländischen Journalisten erklärt. Folglich bist du kein politischer Gefangener.

– Ich beanspruche alle Rechte, die meinem Status entsprechen.

– Welche Rechte?

– Zuallererst das Recht auf Information. Ich wünsche, daß man in diesem Zimmer ein Fernsehgerät installiert.

– Das soll wohl ein Witz sein? Einen Fernseher aufzutreiben ist unmöglich, höchstens auf dem Schwarzmarkt zum fünffachen des offiziellen Preises. Ich selbst mußte alle Streifen meiner Uniform in die Waagschale werfen, um einen Apparat zu besorgen, weil meine Kinder unaufhörlich danach geschrien haben.

– Das ist nicht mein Problem. Ich möchte auch alle Presseorgane, einschließlich aller ausländischen Zeitungen.

– Du weißt genau, daß letztere spärlich ins Land kommen und nur unter dem Ladentisch verkauft werden. Nicht mal mein Rang als Kommissar erlaubt es mir, über ein Exemplar zu verfügen. Dabei würde ich mich gern über die Ereignisse informieren, die die Welt bewegen. Doch leider ist es so, daß unsere Regierung, die sich in demokratischen Scheingefechten verausgabt, nicht über die Mittel für ihre Politik verfügt. Es fehlt an Devisen.

– Ich möchte auch Papier, Füllfederhalter und zwei frankierte Umschläge, einer fürs Inland, der andere fürs Ausland.

– Wem wollen Sie schreiben?

– Zuerst dem Präsidenten, um ihn über die Ereignisse zu informieren.

– Das wollen Sie wirklich tun?

– Ich bin überzeugt, daß seine Umgebung ihn täuscht. Was all die schlechten Entscheidungen erklärt, die er trifft. Er ist ein Mann, den ich achte und bewundere. Aus diesem Grund wollte ich ihn unterstützen und in seinem Handeln bestärken. Ich weiß, daß er mir Gerechtigkeit widerfahren lassen wird.

– Sie laufen Gefahr, enttäuscht zu werden. Und der zweite Brief?

– An Amnesty International, damit sich eine ihrer Sektionen meiner annimmt.

Der Kommissar, der glaubte, seine freien Tage ausnutzen zu können, um für den Unterhalt seines jüngsten Sprößlings zu sorgen, wurde am nächsten Morgen um acht Uhr durch das Klingeln des Telefons geweckt. Sein Adjutant bat dringend um sein Kommen. Er nahm sich nicht mal die Zeit zum Rasieren. Schludrig gekleidet und mit frostiger Miene traf er im Büro ein. Seine Laune zeigte Stacheln.

– Also, was ist passiert?

– Die Sache wird kompliziert.

– Warum?

– Ein Korrespondent einer ausländischen Zeitung kam, um hier rumzuschnüffeln. Er schien auf dem Laufenden zu sein.

– Ah, diese westlichen Journalisten! Echt eine Pest. Immer dabei, ihre Nase da reinzustecken, wo es stinkt. Ich frage mich wirklich, warum die Regierung ihre Anwesenheit zuläßt. Es ist doch ein großes Glück, daß unsere inländische Presse ein ganz anderes Verhalten an den Tag legt. Was will er denn, dieser Typ?

– Einzelheiten erfahren.

– Ich hoffe, du hast ihm keine Antwort gegeben.

– Er ist sehr geschickt. Ich glaube, er hat meine Verlegenheit durchschaut.

– Wann wirst du endlich lernen zu lügen? Das ist doch unentbehrlich in unserem Beruf. Wir müssen unseren unbequemen Pensionär so schnell wie möglich loswerden.

Am übernächsten Tag kam ein Zivilwagen und nahm den

Mann und das Corpus delicti in Empfang. Mit Erleichterung sah der Kommissar sie davonfahren.

– Dieser Geheimdienst erleichtert uns das Leben, da gibt es nichts. Ich persönlich wollte mit so einem Fall nichts zu tun haben.

Der Fahrer fädelte sich geschickt durch eine Reihe verschlungener und verstopfter Gäßchen und hielt schließlich vor dem Tor einer unter großen Bäumen versteckten, unauffälligen Villa auf den Anhöhen der Hauptstadt. Man ließ den Demonstranten aussteigen, der sich kopfschüttelnd umschaute, das Gesicht von einem geheimnisvollen Lächeln erhellt.

– Was gibts? fragte ihn einer seiner Begleiter.

– Nichts, nichts, es ist nur, weil ich diesen Ort wiedererkannt habe.

Man führte ihn in ein Zimmer, das einen Hauch Freundlichkeit zeigte. Es war mit einem Bett möbliert, das mit einem sauberen Laken und einer fast neuen Decke ausgestattet war.

– Die Wände haben immer die gleiche Farbe, bemerkte er.

In einer Zimmerecke befand sich ein Waschbecken, auf dessen Konsole eine Toilettentasche abgestellt war. Er drehte den Wasserhahn auf. Das Wasser spritzte mit hohem Druck heraus.

– Obwohl wir uns in einer ziemlichen Höhe befinden, notierte er sich in Gedanken.

Er beschloß, diesen Glücksfall zu nutzen, um sich Hände und Gesicht zu waschen. Anschließend rasierte er sich sorgfältig und bedauerte es, keine Schere zur Verfügung zu haben, um ein paar rebellische Haare seines Schnurrbarts zu stutzen.

Bei der letzten Überprüfung im Spiegel mußte er betrübt feststellen, daß ein breites Schmutzband sein Hemd zierte. Er hatte große Lust, es zu waschen, befürchtete jedoch, daß man ihn zum Verhör abholen würde, bevor es trocken wäre.

– Was würde das für einen Eindruck machen, im Unterhemd?

Grundlose Befürchtung. Er wartete den ganzen Tag. Zweimal kam ein Faktotum herein, um ein Tablett mit Essen auf dem Bett abzustellen. Er bemerkte, daß die Tür nicht mit einem Schlüssel abgeschlossen war. Bis spät in die Nacht hielt er sich wach, weil er fürchtete, aus dem Schlaf gerissen zu werden, um Fragen zu beantworten.

– Ich werde meine ganze Geisteskraft benötigen. Bei keinem Fehler darf ich mich durch ihre Praktiken ertappen lassen.

Schließlich schlief er ein. Als er am nächsten Morgen aufstand, bemerkte er den beklagenswerten Zustand seiner zerknitterten Kleidungsstücke. Er schämte sich ihretwegen.

– Das wird nicht gerade von Vorteil für mich sein.

Er hatte keine Lust mehr, sich zu rasieren.

Gegen zehn Uhr trat ein Mann ins Zimmer, der es nicht für nötig hielt, sich vorzustellen. Er forderte ihn auf, ihm zu folgen und führte ihn vor einen Schreibtisch, auf dem ganz offensichtlich der Fragebogen lag, der ihm von nun an überallhin folgen sollte. Leutnant Boutama setzte sich, bevor er seinen Gast aufforderte, es ihm gleich zu tun. Er tat so, als ob er sich in die Lektüre der Akte vertiefte, hörte in Wirklichkeit jedoch nicht auf, sein Gegenüber verstohlen zu beobachten. Als er schließlich den Kopf wieder hob, hatten sich seine Lippen zu einem schiefen Maul verzogen.

– Na, wie finden wir denn das, zum Demonstrieren allein auf die Straße zu gehen?

– Meines Wissens wird das von keinem Gesetz untersagt.

– Und aus welchen Gründen?

– Das habe ich schon angegeben: Um meiner Unterstützung für den Präsidenten Ausdruck zu verleihen. Ist das nicht normal?

– Das habe ich nicht gesagt. Aber Sie hätten es anläßlich

der Demonstrationen tun können, die Partei und Gewerkschaft regelmäßig organisieren.

– Ich unterlasse es nie, daran teilzunehmen.

– Warum also allein auf die Straße gehen?

– Weil weder Partei noch Gewerkschaft eine Versammlung für diesen ersten Mai vorgesehen hatten. Ich habe das für bedauerlich gehalten. Deshalb habe ich eine persönliche Initiative ergriffen.

– Wer hat Sie denn auf diese Idee gebracht?

– Niemand. Ich habe meine Entscheidungen immer in vollkommener Unabhängigkeit getroffen.

– Warum wollten Sie ihre Unterstützung für den Präsidenten auf diese Weise bekunden?

– Weil ich glaube, daß unser Land, seit er an der Spitze von Staat und Partei ist, bemerkenswerte Fortschritte gemacht hat.

– Das wissen wir doch alle. Schließlich berichten es die Zeitungen jeden Morgen.

– Man kann es nicht oft genug sagen.

– Tatsächlich?

– Ja, sicher. Die Agrarreform hat den Bauern das Land zurückgegeben, die Gesetze haben es den Arbeitern ermöglicht, an der Verwaltung ihrer Betriebe mitzuwirken und am Gewinn teilzuhaben, auch wer im größten Elend lebt, kann sich in den Krankenhäusern umsonst behandeln lassen, die Schultüren stehen den Söhnen des Volkes weit offen, in den Städten blühen die Universitäten …

– Es gibt viele Leute, die nicht dieser Ansicht sind. Sie meinen, daß unsere landwirtschaftliche Produktion nur zurückgegangen ist, daß unsere Fabriken nicht funktionieren, daß unsere Arbeiter weniger Zeit an ihrem Arbeitsplatz als in den Schlangen vor den Supermärkten verbringen, denen es an den unentbehrlichsten Gütern mangelt, daß die Arbeitslosigkeit steigt, wie die Kriminalität und die Preise, daß das Bildungsniveau eine Katastrophe sei, daß aus den Krankenhäusern Sterbehäuser geworden sind …

– Das sind Verleumdungen.

– Sind Sie ehrlich?

– Zweifeln Sie daran?

– Ihre Worte werden im allgemeinen von Leuten gebraucht, die man dafür bezahlt. Aber Sie, Sie sind nur ein einfacher Postangestellter. Haben Sie vielleicht politische Ambitionen?

– In meinem Alter schmiedet man keine solche Pläne mehr.

– Gut. Machen wir Schluß mit diesem lächerlichen Spiel. Für mich ist deine Tat ein Manöver, um den Präsidenten lächerlich zu machen.

– Wie bitte?

– Für gewöhnlich wird dem Präsidenten von einer tobenden Menschenmenge Unterstützung bekundet. Ein Mann allein auf der Straße zeugt im Gegenteil davon, daß ihm keinerlei Unterstützung aus dem Volke zuteil wird.

– Soll das ein Witz sein?

– An diesem Ort werden höchstens unter Kollegen Witze gerissen. Sag mal, bist du Kommunist?

– Gott behüte mich!

– Und du bist niemals auch nur das geringste Stück Weges mit ihnen gegangen?

– Wie Sie feststellen konnten, gehöre ich eher zur Sorte der einsamen Spaziergänger. Außerdem gibt es die kommunistische Partei nicht mehr, sie wurde aufgelöst.

– Bist du Mitglied einer Oppositionspartei?

– Welcher oppositionellen Partei? Ich wußte nicht, daß es eine gibt. Die Zeitungen haben nie etwas darüber berichtet.

– Bist du oder irgendein anderes Mitglied deiner Familie von den Maßnahmen zur Verstaatlichung des Bodens betroffen gewesen?

– Ich habe keine Familie, und ich habe nie auch nur die kleinste Parzelle besessen.

– Von der Verstaatlichung der Fabriken vielleicht?

48

– Sehe ich aus wie ein Industrieller? Mein Vater war Docker.

– Hattest du jemals eine persönliche Meinungsverschiedenheit mit einem unserer Regierungsmitglieder?

– Für gewöhnlich verkehre ich nicht mit ihnen.

– Das ist alles für heute. Wir werden unsere Unterredung bald wieder aufnehmen.

– Kann ich erfahren, wessen man mich anklagt?

– Im Moment nur einer Lappalie: Demonstration auf öffentlichen Verkehrswegen ohne behördliche Genehmigung.

Boutamas Vorgesetzter hatte zu ihm gesagt:

– Wir müssen wissen, woran wir sind. Wühl in seinem Leben rum. Zuerst in seiner Vergangenheit: Das Leben eines jeden ist mit kleinen Schändlichkeiten und kompromittierenden Dingen gepflastert. Der Teufel müßte seine Hand im Spiel haben, sollte es dir nicht gelingen, einige Bagatellen auszugraben. Dazu ist eine Akte immer gut. Dann seine Gegenwart: Das Leben besteht aus alltäglicher Mißgunst und Verbitterung. Die Gründe dafür bleiben immer verschwommen. Frag seine Wohnungsnachbarn, seine Arbeitskollegen. Es müßte wirklich mit dem Teufel zugehen, wenn sie dir nicht ein paar pikante Geheimnisse offenbaren. Vergiß nicht, auch alle positiven Eigenschaften zu notieren. Man weiß ja nie.

Die dicke Frau wußte aus Erfahrung, daß die Polizei selten zum Wohle eines Bürgers ermittelt. Und sie erblickte gleich die Möglichkeit, aus der Situation Kapital zu schlagen. Sie versuchte, mehr darüber zu erfahren, doch Boutama zeigte sich verschlossen.

Höflich gab er ihr zu verstehen, daß er gekommen war, um Informationen zu erhalten, nicht, um welche zu geben.

– Aber, Monsieur, Sie befinden sich hier bei einer ehrenwerten Familie, das können Ihnen alle Nachbarn bestätigen. Seit fünfzehn Jahren wohne ich schon in diesem Haus und ich habe nie irgendwelche Geschichten gehabt. Ich tue nichts anderes, als meine Kinder großziehen, und ich achte sehr darauf, daß sie nicht mit dieser ständig wachsenden Flut von Strolchen in Berührung kommen, die nachts die Straßen unsicher machen. So habe ich kaum Zeit, mich mit anderen Dingen zu beschäftigen. Doch wenn die Polizei mich befragt, ist es schließlich meine bürgerliche Pflicht, die ganze Wahrheit zu sagen.

– Unbedingt, Madame, ermutigte sie der Offizier.

– Man muß schon sagen, daß dieser Mann sonderbar ist. Kein einziges Mal habe ich erlebt, daß er seinen gutnachbarlichen Verpflichtungen nachgekommen wäre. Wie oft habe ich auf dem Treppenabsatz auf ihn gewartet, wenn er von der Arbeit zurückkam, um mit ihm ein kurzes Gespräch zu führen. Ein kleines Pläuschchen, ohne größere Bedeutung, nur so, um ein wenig seine Gedanken auszutauschen und die täglichen Sorgen zu vergessen. Denken Sie! Mühsam brummt er zwei oder drei Wörter, bevor er die Tür hinter sich zuzieht. Ich unternahm mehrere Versuche, bei ihm zu klingeln, ihn um etwas Brot, Milch, Salz usw. zu bitten. Sie kennen ja die Versorgungsprobleme in unserem Land. Für den unwichtigsten Artikel muß man in viele Geschäfte gehen, und wie oft kommt man mit leeren Händen zurück! Da ist es doch ganz normal, daß man sich unter Nachbarn gegenseitig hilft. Glauben Sie! Jedesmal hat er mir die Tür vor der Nase zugeschlagen. Also wirklich, daß er ein eigenartiges Verhalten zeigt, ist noch das Geringste, was man sagen kann. Nehmen Sie zum Beispiel den Tag, an dem es im Supermarkt Bananen zu kaufen gibt. Das ganze Viertel findet sich dort ein und steht Schlange, um einen der kostbaren Fünfundzwanzig-Kilo-Kartons der exotischen Früchte zu ergattern. Er nicht. Warum, frage ich Sie? Weil er keine Bananen mag, oder was? Finden Sie das nicht seltsam? Das ist doch nicht normal? Ich will Ihnen noch was sagen: Er kam nicht einmal an dem Tag, als man die Decken verkaufte, wunderbare Decken, direkt aus China importiert, weich und warm wie Ihre Frau, die Sie an einem Winterabend im Bett erwartet. Man konnte sie auf dem Schwarzmarkt für das dreifache ihres Preises wieder verkaufen. Decken braucht schließlich jeder. Und das ist ein Artikel, der lange hält. Wenn man will, kann man ihn sein Leben lang behalten. Ich bin sicher, würde der Supermarkt in Ihrem Viertel einen Posten erhalten, Sie würden hingehen und sich wie jedermann in die Schlange einreihen. Es gäbe noch schwerwiegendere Dinge, aber ich weiß nicht, ob ich das Recht habe, sie Ihnen zu sagen.

– Es ist Ihre Pflicht, Madame, der Polizei zu helfen.

– Nun gut, stellen Sie sich vor, als seine Abteilung bei der Post eine kleine Anzahl von Haushaltsgeräten zugeteilt bekam, wollte er sich nicht in die Liste der Interessenten eintragen, um an der Verlosung teilzunehmen, die über die glücklichen Empfänger bestimmen sollte. Sie können mir nicht weismachen, daß das noch normal ist, hä? Was hätte ihn das schon gekostet, seinen Namen hinzuschreiben? Er hätte nicht mal mehr Schlange stehen brauchen. Man hätte ihm die Ware an seinen Arbeitsplatz geliefert. Wenn er keinen Kühlschrank, Herd, Fernseher braucht, hätte er wenigstens seine Freunde davon profitieren lassen können, oder noch besser, seine Nachbarn, oder sie in weiser Voraussicht aufheben können für den Fall, daß eines der vorhandenen Geräte kaputt geht, man kriegt sie ja nie repariert, bei der Knappheit an Ersatzteilen, oder er hätte sie, wie es alle machen, mit einem Gewinn, der doppelt so hoch wie sein Gehalt ist, wieder verkaufen können. Jetzt sagen Sie bloß nicht, das sei kein Sonderling? Aber es kommt noch dicker, Herr Leutnant.

– Ich bin ganz Ohr.

– Ich zögere, es zu sagen. Sein Privatleben geht im Grunde nur ihn was an.

– Ihre Bedenken in Ehren, Madame, aber ich versichere Ihnen, daß Sie nur Ihre Pflicht tun.

– Was wirft man ihm eigentlich vor?

– Welch ein Glück, daß ich auf eine so ehrliche und besonnene Person wie Sie gestoßen bin. Ihre Informationen sind sehr wertvoll für mich. Unsere Behörde wird sich daran zu erinnern wissen.

– Wirklich?

– Ich versichere es Ihnen.

– Was ich sagen wollte, nun ja, dieser Mann lebt allein.

– Wie bitte?

– Ja, er hat weder Frau noch Kinder.

– Wirklich allein?

– Absolut allein. Unglaublich, nicht wahr? Eins ist sicher: Das ist nicht normal für einen Mann seines Alters. Wie macht er das, frage ich Sie. Begibt er sich an die Orte der Verderbnis? Oder macht er es sich ganz allein in seinem Badezimmer? In beiden Fällen ist es ungesund. Es sei denn, er würde an irgendeinem schrecklichen Makel leiden. Vielleicht läd er deshalb nie jemanden zu sich ein, um sein Geheimnis zu wahren?

– Gibt es keine Frau, die ihm von Zeit zu Zeit einen Besuch abstattet?

– Nein, niemals. Das kann ich Ihnen garantieren. Im übrigen hätten es meine Nachbarn und ich auch nicht zugelassen.

– Und verbrachte er nie eine Nacht außer Haus?

– Er ist seinem Bett so treu, als würde ihn dort die schönste Frau der Welt erwarten.

– Hat er nie geheiratet?

– Doch, vor über zwanzig Jahren, wie mir die zwei alten Drachen aus dem Sechsten erzählt haben. Ein kleines Frauchen, sehr zierlich und immer heiter und vergnügt, die sechs Monate später an einer mysteriösen Krankheit gestorben ist, vor Sehnsucht, sagen diejenigen, die sie gekannt haben. Aber nun können Sie, im Lichte dessen, was Sie wissen die Möglichkeit eines Mordes nicht ausschließen.

– Glauben Sie?

– In Ihrem Beruf sollte man nichts außer acht lassen.

– Sie haben recht, Madame, ich werde Ihren Rat befolgen.

– Finden Sie das noch normal, daß man es zwanzig Jahre ohne Frau aushalten kann? Dabei hätte er gar nicht groß suchen müssen, um die zu finden, die sich seiner und seines Haushalts angenommen hätte, wenn er nur gewollt hätte. Und ich könnte ihm noch immer alle Kinder schenken, die er sich wünschte, und wie, mit einem Feuer, das er sich nie hätte träumen lassen, nach dem zerbrechlichen Geschöpf, die ihn empfangen hatte. Gut, ist schließlich seine Sache, aber es gibt nichts, was mich von dem Gedanken abbringen könnte, daß Besen und Schürze eines richtigen Mannes unwürdig sind. Und zudem erfreut er sich weiterhin, als wollte er uns verhöhnen, allein einer geräumigen Drei-Zimmer-Wohnung, während ich mit meinen sieben Gören, von denen der älteste bei weitem schon im Heiratsalter ist, nur über zwei kleine Räume verfüge. Schon mehrmals habe ich ihm einen gerechten Tausch vorgeschlagen, doch er hat mir nur unverschämt ins Gesicht gelacht. Sagen Sie, ist er wohl im Gefängnis? Wie viele Jahre hat er gekriegt?

– Warum fragen Sie mich das?

– Weil ich, sollte das der Fall sein, gern die erste auf dem Wohnungsamt wäre, um nachzufragen, ob man mir nicht seine Wohnung zuweisen könnte. Ich habe die höchste Dringlichkeitsstufe. Ich hoffe, daß Sie mein Ersuchen unterstützen werden. Ihre Hilfe wäre sehr nützlich. Ich weiß, wie der Hase dort läuft. Diese Beamten sind so verdorben und korrupt, daß wir Gefahr laufen, hier eine schöne Schmeichlerin einziehen zu sehen, die genau weiß, wie sie sich ihnen erkenntlich zeigen kann.

Der Offizier wurde unverzüglich vom Abteilungsleiter empfangen, einem eleganten und sympathischen jungen Mann, der hinter einem vollkommen aufgeräumten Schreibtisch saß. Als Antwort auf die Frage des leitenden Angestellten brummte Boutama, der wie alle Polizisten vor Erklärungen zurückschreckte, irgend etwas von Erkundigungen, die er über einen seiner Mitarbeiter einholen wollte.

– Wie lange arbeitet er denn schon in Ihrem Betrieb?

Der Beamte deutete ein Lächeln an. Er schien entspannt und zuvorkommend, mit sich und seinem Leben zufrieden.

– Man muß die Frage andersrum stellen. Sein Arbeitskollege, der eine genaue Buchhaltung führt, könnte bestätigen, daß ich ihr siebzehnter Abteilungsleiter bin. Und ich werde nicht der letzte sein, denn ich habe nicht die Absicht, hier zu verschimmeln. Man hat mir diesen Posten gegeben, weil ich ein Hochschuldiplom habe und hier nichts damit anfangen kann. Da ich auf dieser Ebene der Verantwortung vollkommen inkompetent bin, warte ich auf eine günstige Gelegenheit, um in der Hierarchie noch zu klettern, da ich per definitionem nicht ungeeigneter sein könnte, um eine höhere Funktion wahrzunehmen. Unsere obersten Chefs, die die Situation gut analysiert haben, wissen genau, daß die Verantwortlichen, die sie aufgrund ihrer Unfähigkeit berufen hatten, glücklicherweise keinen Einfluß auf den normalen Betrieb der Abteilungen ausüben, die sie leiten sollen. Also gestatten sie es sich, diese so oft auszuwechseln, wie es ihnen nützlich scheint. Sie kennen keine Skrupel, ihre Freunde unterzubringen, denn sie wissen, daß die genauso wirkungslos bleiben wie ihre Vorgänger. Je weiter man dagegen auf der Karriereleiter nach unten rutscht, desto mehr Kompetenz braucht man. Offen gestanden, was mache ich in diesem Büro? Ich versichere Ihnen, daß ich mich darauf beschränke, Akten abzuzeichnen, die meine Untergebenen angelegt haben. Ich brauche Ihnen wohl nicht zu sagen, daß ich nicht das Geringste von den komplizierten Formularen verstehe, die ich unterzeichne. Ich bin überzeugt, daß jener, der sie entworfen hat, sehr qualifiziert gewesen sein muß, das heißt, daß er ein Angestellter auf der untersten Ebene war. Besitzt man weder Kompetenzen noch Diplome, kann man hoffen, Mini-

54

ster zu werden. Sie müssen sich nur das Profil derer anschauen, die unsere Regierung bilden. Was mich betrifft, ich bleibe Optimist, trotz des schweren Handikaps, das mein langes Studium bildet.

Der Offizier gab seinem beredten Gesprächspartner zu verstehen, daß er nicht sein Büro verlassen hätte, um in die Paradoxien der Postbürokratie eingeführt zu werden.

– Was wollen Sie denn von mir hören? Daß er ein mustergültiger Mitarbeiter ist? Das würde weit hinter der Realität zurückbleiben. Für mich ist er ein Diplodokus, das heißt der letzte Überlebende einer seit langem ausgestorbenen Gattung. Ein einfaches Beispiel, damit Sie wissen, woran Sie mit ihm sind: Er ist niemals zu spät zur Arbeit gekommen. Obwohl er in einem weit entfernten Stadtviertel wohnt. Das ist doch außergewöhnlich, oder nicht, in einer Stadt, in der Busse so selten und so gesucht sind wie eine Oase in der Wüste? Ich weiß nicht, wie er es anstellt, aber um acht Uhr ist er immer da. Was man von mir natürlich nicht sagen könnte. Ich muß wohl nicht hinzufügen, daß er keinen einzigen Tag gefehlt hat. Schauen Sie, nur damit Sie sich eine Vorstellung machen können: Als einer seiner Kollegen zu mir kam, um mir mitzuteilen, er sei nicht da, habe ich sofort vermutet, daß sich ein ernster Zwischenfall in seinem Leben ereignet hat. Apropos, können Sie mir sagen, was ihm passiert ist? Ich muß es in meinem Bericht vermerken.

– Es ist mir nicht gestattet, Ihnen Antworten zu geben. Sagen Sie mal, was für politische Ansichten hat er denn?

Der Abteilungsleiter konnte nicht an sich halten und platzte schier vor Lachen.

– Entschuldigen Sie, ich habe Ihre Frage nicht richtig verstanden.

– Ich wollte wissen, was für politische Ansichten er hat.

– Soll das ein Witz sein?

– Sehe ich so aus?

– Was sollten mich denn seine politischen Ansichten gekümmert haben? Ich werde sie kaum mit ihm disku-

tiert haben, oder? Was soll das überhaupt heißen, politische Ansichten? Das mag für demokratische Länder gut sein. Bei uns hier ist Politik Sache der Einheitspartei, die in ihrer Zeitung alles veröffentlicht, was ihren Anhängern nützlich ist, was man über die großen Fragen der Zeit zu denken hat, und das wärs. Die verantwortlichen Politiker müssen diese Reden nur noch auswendig lernen. Normale Sterbliche geben sich mit den Sportseiten zufrieden. Ich mag Leute nicht, die ihre Zeit mit Mutmaßungen verbringen. Oder damit, Gerüchte zu verbreiten. Wie diejenigen, die zur Zeit so unverschämt sind zu behaupten, daß das Personal der städtischen Müllabfuhr streike. Die Zeitungen haben schließlich eindeutig erklärt, daß die Müllberge entlang der Bürgersteige nur deshalb immer größer würden, weil die Müllwagen alle kaputt sind. Es gibt also keinen Grund, das Spinnen anzufangen. Erinnern Sie sich noch an die Geschichte mit dem Erdbeben in El Asnam? Die Leute hatten begonnen, sich aufzuregen, die Schäden abzuschätzen, die Toten zu zählen, Hilfsgüter zu organisieren, während die Regierung noch nicht einmal zusammengekommen war, um festzustellen, ob es ein Beben gegeben hat oder nicht. Und was ist mit dem Ramadhan, hä? Merken Sie, was jedes Jahr abläuft? Die Gläubigen verlassen sich nie auf die Ankündigungen im Fernsehen und fangen einen Tag früher oder später zu fasten an. Was nicht mein Fall ist. Also, was für Ansichten, hä, das frage ich Sie? Ich werde ihn sicher nicht danach gefragt haben, was er vom Vietnam-Krieg oder vom Einmarsch in Afghanistan hält?
– War er Mitglied in der Gewerkschaft?
– Zwangsläufig. Jeder Angestellte erhält seine Mitgliedskarte mit seinem ersten Lohnstreifen. Der Mitgliedsbeitrag wird wie die Steuer, die Sozialversicherung und die freiwilligen Abgaben zugunsten der Agrarreform oder der Palästinenser jeden Monat automatisch vom Gehalt einbehalten. Ist das bei Ihnen nicht genauso?
– Ich meine aktives Mitglied der Gewerkschaftssektion.

56

– Ich habe Ihnen schon erklärt, daß er, mit Hilfe eines Kollegen, den Betrieb am Laufen hält. Wie sollte er das können, wenn er Sektionsmitglied wäre? Selbst wenn man für die Rechte der Arbeiter kämpft, kann man nicht am Mühlstein und vor dem Ofen zugleich stehen.
– Ist sein Kollege da?
– Im Büro nebenan.
– Danke.

Der Postangestellte stand von dem vorsintflutlich ausgestatteten Platz seines Kollegen auf, um ihn seinem Besucher zu überlassen.
– Wir bekommen normalerweise keinen Besuch hier, erklärte er zu seiner Entschuldigung. Unsere Arbeit ist rein technischer Natur.
– Ich würde Ihnen gern einige Fragen über Ihren Schreibtischnachbarn stellen.
– Ich stehe Ihnen zur Verfügung. Doch lassen Sie mich eine Bemerkung vorausschicken.
– Aber fassen Sie sich kurz.
– Ich weiß, mein Chef neigt zur Weitschweifigkeit. Bei mir ist das nicht der Fall.
– Ich höre.
– Ich habe den Eindruck, Sie schon einmal gesehen zu haben.
– Ach ja? Bei Postangestellten muß man wirklich auf alles gefaßt sein. Ich dachte, diese Sorte von Sätzen sei ausschließlich Miezen vorbehalten, denen nichts Besseres einfällt, um auf der Straße die Gecken anzumachen.
– Vielleicht wohnen wir im selben Viertel?
– Möglich, doch ich bin hier, um Sie zu fragen, was Sie über ihren Freund wissen.
– Er ist nicht mein Freund.
– Das ist ja interessant. Können Sie das näher erklären?
– Wir sind Kollegen, aber keine Freunde.
– Ich verstehe. Ihr Chef hat mir versichert, daß er eine bessere Beurteilung hat als Sie.

– Das ist immer so gewesen, und es ist nur gerecht.

– Wie lange arbeitet er schon hier?

– Sehen Sie diese beiden Metallschreibtische? Er und ich, wir sitzen uns hier seit vierzig Jahren gegenüber. Das Land und die Welt haben tiefgreifende Umwälzungen erlebt. Es hat den Zweiten Weltkrieg gegeben, den Langen Marsch der Chinesen, den Korea-Krieg, den Indochina-Krieg, den Sieg der kubanischen Revolution, die Befreiungskämpfe, die Unabhängigkeit, unter anderem für unser Land, den Vietnam-Krieg, den ersten Menschen auf dem Mond ... aber dieses Büro hat nicht die geringste Veränderung erlebt. Es ist eine Insel des Stillstands. Mein Kollege und ich sind ungeachtet aller Ereignisse stets um acht Uhr hier eingetreten, wir haben uns immer hinter diese Zwillingsmöbel gesetzt und mit dem Ausfüllen der immergleichen Formulare begonnen. Es gibt nichts Unveränderlicheres als den Alltag der Bürokratie. Sie überlebt die Ereignisse und die Menschen.

– Richtig. Erzählen Sie mir doch etwas über seine Vergangenheit.

– Das läßt sich in wenigen Worten zusammenfassen: Er saß mir gegenüber.

– War er vor dem Befreiungskrieg in einer politischen Partei aktiv?

– Das weiß ich nicht.

– Wirklich?

– Er und ich, wir haben uns zur Regel gemacht, uns niemals persönliche Fragen zu stellen. Nur so blieb die Qualität unserer Beziehung gewahrt. Das ist das Geheimnis unseres dauerhaften Nebeneinanders.

– Ich habe mir sagen lassen, daß die kommunistische Partei damals viele Anhänger unter den Postbeamten hatte.

– Das ist nicht falsch. Ich bin auch Mitglied gewesen. Soll das heißen, daß es heute ein Verbrechen geworden ist, einstmals der Partei der arbeitenden Klasse angehört zu haben?

– Ich beurteile nicht, ich informiere mich. Was war seine Haltung während des Befreiungskriegs?

– Ähnlich wie die der überwältigenden Mehrheit der Bevölkerung in dieser Stadt: Zusehen, daß man den Kopf auf den Schultern behielt.

– Und sonst?

– Er traf weiter jeden Morgen punkt acht Uhr im Büro ein. Selbst an den Tagen, als sein Viertel von den Fallschirmjägern durchkämmt wurde.

– Wie hat er das geschafft?

– Keine Ahnung.

– Nie irgendein Zwischenfall?

– Doch. Eines Tages hatte ein komischer Typ zu uns Kontakt aufgenommen.

– Und?

– Er behauptete, ein Vertreter der Front* zu sein. Er bat uns um Hilfe bei der Eröffnung von Scheinkonten, damit die Front leichter Gelder ins Ausland transferieren könne, die ihm zufolge zur Bezahlung von Waffen bestimmt waren.

– Und weiter?

– Ich habe mich natürlich geweigert. Er hat es aber akzeptiert. Doch er konnte nie froh darüber werden.

– Warum denn das? Damit könnte er doch den Status eines Widerstandkämpfers beanspruchen.

– Aus zwei Gründen. Erstens, weil der Abteilungsleiter, den wir zu jener Zeit hatten, ein Franzose, noch eine ganz andere Kompetenz besaß, als derjenige, der uns heute führt. Es verging also nicht viel Zeit, bis er die seltsamen Kontobewegungen entdeckte. Er dachte, es handle sich um eine Unterschlagung und alarmierte die Polizei. Die fanden mit seiner Hilfe schnell heraus, wie der Hase lief. Von ihnen unterrichtet, besuchte uns der Ge-

* Front National de la Libération (FNL), Algeriens Einheitspartei, die von 1954 bis 1962 den Kampf um nationale Unabhängigkeit geführt hat.

heimdienst. Er zögerte nicht eine Sekunde, mich zu entlasten, und nahm alle Folgen seiner Entscheidung auf sich. Man nahm ihn in eine Villa mit, die auf den Anhöhen über der Stadt lag. Ah! Jetzt erinnere ich mich!

– Woran?

– Nach seiner Verhaftung war ein Mann gekommen, um mir Fragen über ihn zu stellen.

– Und weiter?

– Sie sehen ihm erstaunlich ähnlich.

– Machen Sie keine Witze! Zu jener Zeit dürfte ich keine vier Jahre alt gewesen sein.

– Ohne jeden Zweifel. Aber gerade das ist es ja, was so verblüffend, so beunruhigend ist.

– Jetzt behalten Sie Ihre Überlegungen aber besser für sich und beschränken sich darauf, meine Fragen zu beantworten.

– Junger Mann, jeder Versuch, mich einzuschüchtern, ist nutzlos. Sie werden es nicht schaffen. Ich gehöre zu denen, die eine so glatte Existenz führen, daß sie nie etwas zu fürchten haben, egal welche Veränderungen des Regimes oder des Klimas es geben mag. Mein ganzes Leben lang habe ich eine so neutrale Haltung eingenommen, daß es objektiv unmöglich ist, mir irgend etwas vorzuwerfen, weder von den einen noch von den anderen.

– Was ist danach mit ihm passiert?

– Nach drei Monaten Abwesenheit ist er zurückgekommen und hat sich mir wieder gegenüber gesetzt.

– Was hatte man mit ihm gemacht?

– Er hat nie mit mir darüber sprechen wollen.

– Wie kam es, daß man ihn so schnell wieder freigelassen hat? Und aus welchen Gründen hat ihn die Postverwaltung wieder aufgenommen? Vielleicht war er »umgedreht« worden?

– Umgedreht? Ja, ohne jeden Zweifel, denn nach der Befreiung hat er erfahren, daß die Überweisungen, die er ermöglicht hatte, nur dazu dienten, sehr persönliche Konten zu füllen und mit dem Geld nicht ein einziges Gewehr gekauft wurde.

– Was hat er dann gemacht?

– Er hat überall hingeschrieben, um das zu denunzieren. Er hat nie eine Antwort erhalten.

– Und was ist aus seinem geheimnisvollen Partner geworden?

– Minister, genauer gesagt, Finanzminister.

Der Demonstrant war froh, daß man ihn erst kommen ließ, als er sein Hemd wieder angezogen hatte, das kurz zuvor trocken geworden war. Nichtsdestoweniger bemerkte er, daß die Falten seiner Hose nicht mehr die gewohnte Form gewahrt hatten. Er betrat das Büro mit einem Lächeln auf den Lippen und mit ausgestreckter Hand.

Aber die strengen Augen Boutamas ignorierten beides. Mit einer Kinnbewegung bedeutete er dem Mann, daß er sich setzen könne. Er kam der Aufforderung nach.

– Da habe ich ja schöne Geschichten über Sie erfahren, knurrte der Polizist.

– Wirklich? Das wundert mich aber.

– Lesen Sie mal das hier.

Der Mann streckte die Hand aus, um den kleinen, sorgfältig gefalteten Zeitungsartikel entgegenzunehmen. Nachdem er ihn durchgelesen hatte, reichte er ihn seinem Besitzer zurück.

– Und?

– Wie kommt es, daß dieser ausländische Journalist über Ihr kleines Abenteuer auf dem Laufenden ist?

– Das weiß ich nicht. Unter der Überschrift dieses kleinen Artikels befindet sich die Bemerkung »von unserem ständigen Korrespondenten«. Daraus kann man schließen, daß er hier akkreditiert wurde und meinem Marsch gefolgt ist.

– Aber wer hat ihn davon unterrichtet?

– Keine Ahnung. Da er sich in dieser Stadt befindet, könnten Sie ihn doch fragen.

– Das ist nicht alles.

– Ich höre.

– Ich habe Ihre Wohnung durchsucht.

– Ich hoffe, Sie hatten einen Durchsuchungsbefehl.

– So etwas benötigt unser Dienst nie.

– Und was haben Sie entdeckt?

– Den Teil eines Artikels aus derselben ausländischen Zeitung, der den schlechten Zustand der Straßen im Südwesten unseres Landes beschreibt.

– Und was schließen Sie daraus?

– Ich habe in unseren Archiven nach dem gesamten Inhalt des Textes gesucht.

– Na und?

– Ich mußte feststellen, daß Sie nur die kritischste Passage über unser Straßennetz ausgeschnitten hatten. Etwas weiter im Text hatte der Autor auf all die Straßen hingewiesen, die gebaut wurden, um abgeschnittene Gebiete an den Verkehr anzuschließen.

– Ich habe nie etwas derartiges gelesen.

– Hier ist der gesamte Text.

– So habe ich das nicht gemeint. Ich bin Postbeamter, und der Zustand unseres Straßennetzes hat mich nie interessiert. Im übrigen verreise ich niemals. Dagegen bin ich ein leidenschaftlicher Anhänger des Schachspiels. Ich verfolge alle Weltmeisterschaftspartien mit großer Aufmerksamkeit.

– Was hat das mit dem Artikel hier zu tun?

– Hätten Sie sich die Mühe gemacht, die Rückseite zu lesen, wäre Ihnen aufgefallen, daß dort eine denkwürdige Partie besprochen wird. In der Schublade, in der Sie diesen Ausschnitt gefunden haben, liegt ein ganzer Stoß von Artikeln zum selben Thema.

– Aber die anderen Ausschnitte enthalten auf der Rückseite nichts, was von Interesse sein könnte.

– Eben!

– Es gibt noch Schlimmeres. Ich habe selbstverständlich Ihren Abteilungsleiter und ihren Schreibtischkollegen befragt. Beide stimmten überein, Sie als mustergültigen Angestellten zu beurteilen.

– Was mich mit großer Freude erfüllt.

– Sie haben mir bestätigt, daß Sie sich niemals von Ihrem Arbeitsplatz entfernt haben und daß Sie immer pünktlich zur Arbeit erschienen sind. Also, sagen Sie mal, finden Sie das noch normal? Werden Sie nie krank?

– Ich erfreue mich, Gott sei Dank, einer ausgezeichneten Gesundheit.

– Ist es nie vorgekommen, daß Sie ihre Tante im Krankenhaus besuchen oder einen Verwandten abholen mußten, der von den Heiligen Stätten zurückkehrte? Das sind doch Verpflichtungen, denen man nicht entgehen kann.

– Ich habe keine Familie mehr.

– Sagen Sie bloß, wie machen Sie das nur, daß Sie immer so pünktlich sind? Ich weiß, daß Sie weit entfernt von ihrem Arbeitsplatz wohnen, und wir wissen beide, daß die Verkehrsmittel in dieser Stadt kapriziöser sind als der einzige Sohn eines Reichen. Sie besitzen weder ein Auto noch die Mittel, um Taxi zu fahren. Verraten Sie mir Ihr Geheimnis.

– Es genügt, rechtzeitig aufzustehen.

– Können Sie mir sagen, warum Sie nicht wieder geheiratet haben.

– Ich wußte nicht, daß das eine Pflicht ist.

– Es ist jedenfalls ein erschwerender Umstand.

– Seit mehreren Tagen werde ich jetzt schon hier festgehalten und von Ihnen verhört. Dürfte ich endlich mal erfahren, was mir vorgeworfen wird?

– Ein Spion zu sein.

– Wie bitte?

– Sie haben ganz recht verstanden.

– Das soll wohl ein Witz sein.

– Ich habe Ihnen schon einmal gesagt, daß hier höchstens

unter Kollegen Witze gerisssen werden. Sie sind von den Fallschirmjägern umgedreht worden, als Sie wegen der Affäre mit den Scheinkonten in Haft waren. Danach sind Sie an ihren Arbeitsplatz zurückgekehrt, als sei nichts gewesen. Um nicht aufzufallen, haben Sie sich wie ein Musterangestellter verhalten.

– Ich weise Sie darauf hin, daß ich vorher ebenso gewissenhaft war.

– Aber das war normal zu jener Zeit. Die Chefs damals kannten keinen Spaß bei der Arbeit. Doch die Zeiten haben sich geändert. Und ihr Fehler war, nicht kapiert zu haben, daß ihre Pünktlichkeit und Gewissenhaftigkeit Sie von nun an nur verdächtig machen würde. Ich schließe daraus, daß Sie nicht mehr geheiratet haben aus Furcht, Ihre Gefährtin könnte Ihre dunklen Aktivitäten entdecken.

Eines Nachts wurde der Gefangene abgeholt und in Handschellen in ein fernes Militärgefängnis gebracht. Man steckte ihn in eine unterirdische Zelle. Er verließ sie erst drei Monate später wieder, um in einen Saal geführt zu werden, in dem drei feierliche Offiziere hinter einem langen Tisch saßen.

Der Rangniedrigste verlas die Hauptanklagepunkte.

– Sie werden angeklagt, geheime Verbindungen zu ausländischen Agenten unterhalten, die innere und äußere Sicherheit des Staates bedroht, Gelder der Front unterschlagen, das Staatsoberhaupt beleidigt und die öffentliche Ordnung gestört zu haben. Sie müssen mit der Todesstrafe rechnen. Was haben Sie zu Ihrer Verteidigung vorzubringen?

Geschichte über die Zeit

Eine Geschichte über die Eisenbahn
kann eine andere verdecken

Der Bahnhofsvorsteher stieg vorsichtig von der Leiter herab und trat einige Schritte zurück, um zu prüfen, ob die Zeiger der Wanduhr im Wartesaal richtig stünden. Mit offenkundiger Befriedigung folgte er der Drehbewegung des Sekundenzeigers, der sich wieder in Gang gesetzt hatte, um durch kleine Sprünge die Zeit zu schlagen. Er holte seine Taschenuhr aus der Westentasche hervor und kontrollierte die Synchronisierung des großen Gehäuses mit dem kleinen. Mit einem Lächeln der Zufriedenheit stellte er ihren Gleichlauf fest und brachte dann die Leiter in eine Rumpelkammer neben der Eingangstür. Auf dem Rückweg warf er erneut einen flüchtigen Blick auf das Ziffernblatt der alten Uhr. Er fühlte sich großartig, denn es war ihm gelungen, sie zu reparieren. Belkacem hatte keine allzu hohe Meinung von der fachlichen Kompetenz des Uhrmachers im Dorf. Und dessen Vorstellungen schätzte er noch weniger. Aus diesem Grund hatte er, als sie am Vorabend punkt 16 Uhr 17 plötzlich aussetzte, sich dagegen gesträubt, das komplexe Gefüge ihrer Zahnräder einer Überprüfung durch den Uhrmacher unterziehen zu lassen. Er war überzeugt, daß der grobe Handwerker die Reliquie viel zu brutal angefaßt und deshalb unfehlbar einen der Mechanismen beschädigt hätte, der angesichts des ehrwürdigen Alters der Zeitmeßmaschine nicht mehr zu ersetzen gewesen wäre. Außerdem fühlte er sich nicht bereit, die Geduld aufzubringen, um die dummen politischen Betrachtungen des unwissenden Krämers seelenruhig zu ertragen, ganz zu schweigen davon, daß jener, wie er wußte, nicht in der Lage war, ihm eine ordentliche Rechnung auszustellen.

– Ich könnte die Ausgabe meiner Verwaltung gegenüber gar nicht belegen.

Er gab sich also damit zufrieden, den Defekt in seinem wöchentlichen Bericht zu vermerken, wobei er insbesondere die Altersschwäche des Apparates betonte in der Hoffnung, daß man seinen Wartesaal mit einer neuen Wanduhr ausstatten würde. Doch er machte sich keine großen Illusionen; er kannte die Knausrigkeit der Eisenbahngesellschaft zu gut. Er hatte sich dazu gezwungen, seinen Vormittag der Reinigung und Ölung des Signalmastes zu widmen, doch es gelang ihm nicht wirklich, sich auf das zu konzentrieren, was er tat. Dieses vage Unbehagen, von dem er befallen war, hatte auf seine Stimmung gedrückt. Doch er hatte mit den Schultern gezuckt und weiter seine routinemäßigen Arbeiten ausgeführt, denn er hielt es nicht für seriös, sich in seinem Alter, und nach vierzig Dienstjahren, noch dem Auf und Ab der Stimmungen zu überlassen. Während der Lokführer des 14 Uhr 12 Zuges ihn grüßte, hatte dieser geglaubt, trotz des breiten Lächelns, mit dem er empfangen wurde, eine Verstimmung bei ihm feststellen zu können. Als Belkacem am späteren Nachmittag den Briefträger erblickte, wurde ihm der Anlaß für dieses bedrückende Gefühl plötzlich bewußt.

Der Briefträger war die einzige Person in diesem Dorf von Ziegenzüchtern und Gerstebauern, zu der Belkacem persönliche Beziehungen unterhielt. Nur Mokhtar und er hatten die Zeitung abonniert, die mit dem einzigen Zug um 14 Uhr 12 zu ihnen gelangte, nur sie interessierten sich für das, was jenseits der Grenzen des Marktfleckens geschah. Es bereitete ihnen großes Vergnügen, gemeinsam die Ereignisse zu kommentieren, die die Welt bewegten. Es konnte sogar vorkommen, daß sie ausländische Zeitungen lasen, die im allgemeinen einige Monate alt waren. Sie zitterten noch nachträglich, wenn sie in ihnen von drohenden Umwälzungen lasen, die den Planeten hätten in Brand stecken können.

66

– Ich weiß wirklich nicht, wie man jedesmal all die Katastrophen, die uns drohten, zweifellos im allerletzten Moment noch verhindern konnte, bemerkte Belkacem. Man bedenke nur, daß die ungebildeten Dorfbewohner nicht einmal die Existenz all der Gefahren ahnen, denen sie täglich ausgesetzt sind. Wenn der große Endknall kommt, werden sie glücklich sterben, weil sie nichts gewußt haben.

Wenn sich die beiden einzigen Männer im Dorf, die eine Uniform trugen, auch über die bei ihren Mitbürgern festgestellten Mängel einig waren, hatten sie es auf politischer Ebene trotz jahrzehntelanger Debatten doch nicht geschafft, ihre Meinungsverschiedenheiten zu mindern. Belkacem setzte auf Autorität. Er war ein Kämpfer für Recht und Ordnung und, falls notwendig, für die Anwendung von Zwangsmaßnahmen.

– Ohne Angst vor dem Knüppel würden die Massen ihren niedersten Instinkten freien Lauf lassen und wir müßten binnen kürzester Zeit in totaler Anarchie leben. Wir brauchen einen starken Mann an der Spitze des Staats, der eine ernsthafte und wirksame Sprache zu reden versteht. Wer der Menge schmeichelt, um ihren Beifall einzusammeln, der riskiert, von ihren verrückten Forderungen sehr schnell hinweggespült zu werden.

Mokhtar hatte sich immer den Sorgen des Volks nahe gezeigt, nahm Anteil an den Lebensbedingungen der am meisten Benachteiligten. Eine Zeit lang war er Gewerkschaftsbeauftragter auf kommunaler Ebene. Nicht wegen seines leidenschaftlichen Eintretens für die Besitzlosen war er von seinem Posten entfernt worden, sondern weil er nicht dem Clan des örtlichen Parteichefs angehörte. Er war einer von jenen Männern, die glaubten, das Volk hätte in den entscheidendsten Momenten der Landesgeschichte seinen hohen Bewußtseinsgrad unter Beweis gestellt.

– Die Führer sollten sich vielmehr am Verhalten ihrer Bürger ein Beispiel nehmen.

Als zwanzig Jahre zuvor Gerüchte über bewaffnete Banden sich zu verbreiten begannen, die angeblich plündernd durch die Berge der Umgebung gezogen waren, hätten ihre unterschiedlichen politischen Ansichten ihre herzlichen Beziehungen beinahe gestört.

Belkacem verurteilte diesen Rückfall in die Zeit des Aufruhrs nachdrücklich, während sich Mokhtar für alle Mutmaßungen über die Männer der Nacht aufgeschlossen zeigte. Der Briefträger verschwand eines Tages und der Bahnhofsvorsteher beklagte den Verlust seines einzigen Gesprächspartners.

– Er wird unsere Diskussionen noch vermissen, grummelte er. Denn mit den Primaten, denen er sich anschloß, wird er die Debatte nicht fortsetzen können, die wir begonnen hatten.

Nachdem sein Widersacher ausgerissen war, fühlte sich Belkacem sehr allein. Er nahm die Gewohnheit an, seine Gedanken über die Ordnung und den Lauf der Dinge auf der Welt den Seiten eines Schulhefts anzuvertrauen, wobei er die kleinen lokalen Eruptionen geflissentlich überging, die er für harmloser als ein paar Fieberbläschen hielt. Hingegen unterließ er es keineswegs, jene Argumente aufzuschreiben, die ihm für die Wiederaufnahme ihrer Debatte nach den Unruhen in den Sinn kamen. Er glaubte schon, dieser Zeitpunkt sei gekommen, als ihm sein früherer Kontrahent eines Nachts einen Besuch abstattete. Doch Mokhtar schien nicht die geringste Lust zu haben, ihr unvollendetes Gespräch weiterzuführen. Im Gegenteil, er war so unverfroren, die Mithilfe des Bahnhofsvorstehers bei einer unerhörten Handlung zu fordern.

– Das ist ja unvorstellbar! brüllte Belkacem. Bist du dir im Klaren darüber, was du von mir verlangst? Wie konntest du nur glauben, daß ich bei so etwas mitmachen würde, ich, Belkacem, diplomierter Bahnhofsvorsteher, Zweitbester seines Jahrgangs, ausgezeichnete Dienstzeugnisse, mehr als lobende Erwähnungen bei meinen

Vorgesetzten? Ich dachte, du würdest mich besser kennen. Du weißt, ich war stets stolz darauf, die Katze eine Katze genannt zu haben. Jetzt werde ich dir mal was sagen. Du und deine Banditen, ihr könnt meinetwegen weiter Telegraphenmasten und Obstbäume absägen, Lösegelder von der hier ansässigen Bevölkerung erpressen, sinnlose Attentate ausüben. Ich habe nicht die Macht, eure illegalen Aktionen zu verhindern. Aber ich mißbillige sie. Du mußt verrückt sein, zu glauben, daß ich euch die Hand reichen würde, um meinen Zug entgleisen zu lassen. Und ich füge hinzu, daß ihr völlig unverantwortlich handelt, denn ihr bedenkt nicht die unheilbringenden Folgen eures Vorhabens. Der einzige Zug, der auf dieser Strecke verkehrt, befördert nur die armen Teufel aus den benachbarten Regionen. Ich stelle fest, daß ihr sie kaltblütig opfern wollt. Und aus welchem Grund? Verschwindet hier, oder ich rufe die Polizei!

Dies hatte Mokhtar und die Männer unter seinem Kommando nicht davon abbringen können, mehrere Versuche zu machen. Mit den paar Dynamitstangen, die sie sich um den Preis tausenderlei Mühen beschaffen konnten, gelang es ihnen gerade mal, einen kleinen Staubpilz hervorzurufen, während sich zwei Schwellen leicht schüttelten wie ein Tier, das von einer Mücke geärgert wurde. Sie konnten die Werkzeuge nicht stehlen, die es ihnen ermöglicht hätten, Schienen von zehn Meter Länge zu entfernen. Die Baumstämme, die sie über die Schienen gelegt hatten, waren von der gepanzerten Schnauze der Lokomotive hinweggefegt worden. Als letztem Ausweg blieb ihnen nur, die Masten entlang der Strecke abzusägen, was Belkacem in Rage versetzte, weil es ihn um die einzige Kommunikationsmöglichkeit mit den anderen Bahnhofsvorstehern brachte.

– Das ist ja kriminell! Sie riskieren, einen Zusammenstoß zu verursachen.

Belkacem rackerte sich ab wie ein Verrückter, um zu erreichen, daß die Reparaturarbeiten so schnell wie möglich ausgeführt würden und alles unverzüglich wieder in Ordnung käme. Angesichts so vieler Mißerfolge verlangten die beiden Stellvertreter Mokhtars, den Bahnhofsvorsteher wegen Verweigerung der Mitarbeit und Beleidigung tapferer Patrioten zum Tode zu verurteilen. Sie davon abzubringen, war äußerst mühevoll für den Mann, der seinen Posten verlassen hatte.

Eines Tages wurde Mokhtar von einem seiner Verbindungsmänner mitgeteilt, daß der Bahnhofsvorsteher ihn so bald wie möglich sprechen wolle. Seine mißtrauischen Gewährsmänner beschworen die Möglichkeit eines Hinterhalts herauf. Aber Mokhtar rief:

– Ich kenne Belkacem genau. Er tut sich keinen Zwang an, er stimmt weder unseren Zielen noch unseren Methoden zu, doch er ist kein Verräter.

Belkacem empfing die Truppe struppiger Männer mit einem höhnischen Lachen.

– Wie ich sehe habt ihr wieder zum Naturzustand der Wilden zurückgefunden.

Das Knurren seiner Gäste aus dem Untergrund erschreckte ihn überhaupt nicht.

Auf ein Schaubild gestützt, erklärte Belkacem bedächtig seinen Plan.

– Es handelt sich um einen Zug, der militärisches Ausrüstungsmaterial, Uniformen und diverse andere Dinge transportiert, die für das Leben im Maquis sehr nützlich sind. Die Sicherheitsmaßnahmen sind nicht streng. Die französische Armee hat anscheinend dieselbe wenig schmeichelhafte Meinung über eure militärischen Fähigkeiten wie ich. Es wird nur eine kleine Truppe Begleitschutz geben, aufgeteilt auf zwei Waggons, der eine am Kopf, der andere am Schwanz des Zuges. Wenn ihr den Überraschungseffekt ausnützt, dürfte es für euch nicht unmöglich sein, sie auszuschalten. Vergeßt nicht, daß ihr zuallererst den Lokführer in eure Gewalt bekommen müßt, der von ein oder zwei Wachen begleitet sein kann.

– Alles klar, behauptete Mokhtar. Jetzt mußt du nur noch das beste Mittel verraten, wie wir den Zug zum Entgleisen oder zum Stoppen bringen.

– Hör doch auf mit dem Quatsch. Da zeigt sich wieder einmal der Mann, der meinen fundierten Argumentationen immer nur dumme Einwände entgegenzusetzen weiß.

– Diese Auseinandersetzung sollten wir ein andermal fortsetzen. Im Moment höre ich deinen Vorschlägen weiter zu.

– Ich werde dir die Sache in einer Sprache erklären, die auch dein beschränkter Geist erfassen kann. Acht Kilometer oberhalb dieses Bahnhofes gibt es eine Abzweigung; dort gabelt sich die Strecke in eine, die an den Dörfern auf der Piedmontfläche vorbeiführt, und in jene, die von diesem Bahnhof aus in die Berge geht, um die Orte der Hochebene miteinander zu verbinden.

– Ja, ich kenne den Ort gut, frohlockte Mokhtar. Dort wächst hohes und dickes Gras. Als Kind habe ich oft meine Ziegenherde dorthin geführt.

– Da hast du ja eine gute Schule gehabt. Neben der Weiche steht ein Signal.

– Was ist das?

– Es sieht aus wie ein Metallmast, und ich bin mir sicher, daß du deine Tage mit dem Versuch verbracht hast, ihn hochzuklettern.

– Ah ja, ich erinnere mich. Wozu dient er?

– Dieser Mast, der mit einem beweglichen Arm ausgestattet ist, gibt dem Lokführer an, ob die Strecke, die er nehmen will, frei ist oder nicht.

– Darauf wäre ich nie gekommen, gab Mokhtar zu.

– Es wird also genügen, wenn ihr das Signal manipuliert, um eine Strecke zu sperren, und dann wird der Zug anhalten.

– So einfach ist das?

– Ganz richtig.

– Wir befinden uns im Krieg, und es handelt sich um einen Zug des Militärs, der nirgendwo Halt machen darf. Er wird nicht anhalten.

– Im Krieg? Das nennst du Krieg? Nur weil ihr von Zeit zu Zeit einen Telegraphenmast absägt, der euch nichts gemacht hat, oder einen abgelegen lebenden und noch viel ungefährlicheren Bauern erschreckt? Man merkt, daß du nie die Möglichkeit hattest, an einer richtigen Schlacht teilzunehmen. Ich dagegen habe den Italien-Feldzug mitgemacht. Ich war in Monte Cassino.

– Hast du mich hierher gebeten, um mir das zu sagen?

– Man muß zugeben, daß die Disziplin die Stärke einer Armee ausmacht. Doch wenn du dein Gehirn nicht voll von einem Durcheinander an pseudo-wissenschaftlichen Theorien hättest, würdest du bei deinen häufigen Besuchen schon längst kapiert haben, daß Disziplin die Grundlage der Eisenbahnerwelt ist. Ob Krieg oder nicht, Militär hin, Militär her, Befehl hin, Befehl her, der Lokführer wird anhalten, wenn das Signal es von ihm verlangt.

– Wirklich?

– Ganz sicher. Jetzt werde ich dir erklären, wie das Signal manipuliert wird, ohne daß es dem benachbarten Bahnhofsvorsteher auffällt.

Mokhtar hörte den Erklärungen aufmerksam zu; dann stand er befriedigt auf und gab seinen Männern das Zeichen, ihm zu folgen.

– Ich weiß, daß du dir die Hände reibst, gab ihm Belkacem säuerlich zu verstehen. Der Erfolg dieses Schlags wird das mehr als matte Bild, das deine Chefs von deinen militärischen Kompetenzen haben, wieder vergolden. Du wirst zweifellos eine Beförderung erhalten. Sie sollte dir die Brust nicht allzu sehr schwellen. Vergiß nicht, wem du sie verdankst, wenngleich ich dich bitte, niemals mehr auf meine Rolle bei dieser Geschichte zu sprechen zu kommen.

– Das versteht sich von selbst.

– Als Gegenleistung mußt du mir versichern, damit aufzuhören, auf meine Schienen und Telegraphenmasten loszugehen.

– Einverstanden.

– Ich muß dir gestehen, daß ich es kaum erwarten kann, bis wieder Ruhe und Ordnung einkehren. Dieser ganze Aufruhr bringt die Abfahrtszeiten meiner Züge durcheinander und hält die Leute vom Reisen ab.

– Die Stunde des Sieges wird bald schlagen, behauptete Mokhtar.

– Wirklich?

– Da kannst du sicher sein.

– Trotzdem stelle ich fest, daß ihr eure Tage damit verbringt, euch in eure Höhlen zu verkriechen, weil es immer gefährlicher geworden ist, die Nase rauszustrecken.

– Die Zeit arbeitet für uns.

– Man muß anfangen, auf sie Rücksicht zu nehmen. Auf alle Fälle wäre ich froh, wenn wir unser unterbrochenes Streitgespräch wiederaufnehmen würden.

– Glaubst du, daß das möglich sein wird?

– Ich weiß, daß du letzten Endes die Träume der Troglodyten, die dich umschwirren, zu deinen gemacht hast. Ihr stellt euch vor, daß ihr nach dem Sieg nicht nur das Land, sondern die Welt verändern könnt. Täuscht euch nicht. Was ihr für ein Epos über den Beginn eines neuen Zeitalters haltet, ist in Wirklichkeit nur eine Episode. Wenn es vorbei ist, wird alles wieder wie zuvor. Du wirst wieder Postbote, wie du dich auch wieder mit allen möglichen Scheinargumenten gegen meine fundierten Ausführungen stellen wirst.

Wenn Mokhtar zu jener Zeit völlig verstehen konnte, warum der Bahnhofsvorsteher Wert darauf gelegt hatte, das Geheimnis seiner Beteiligung am Plan des Zugüberfalls zu wahren, war er doch sehr erstaunt, als Belkacem ihn nach der Unabhängigkeit bat, das Schweigen weiter aufrechtzuerhalten.

– Das ist doch nicht logisch. Was gestern ein Akt schweren Raubüberfalls war, ist heute eine Ruhmestat. Du kannst dir deine Beteiligung jetzt zugutehalten, umso mehr als viele Dorfbewohner sich noch an deine vorherige Stellungnahme erinnern und fordern, daß man Sanktionen gegen dich verhängt.

– Meine Meinung hat sich nicht geändert und ich pfeife auf die Ansichten, die irgendwelche unwissenden und nachtragenden Mistbauern über mich verbreiten. Die können mich ruhig weiter mit ihren Beleidigungen überhäufen, das wird mir nicht den Schlaf rauben. Zu meinem großen Glück ist die Bahnverwaltung ein seriöser Betrieb. Sie kann sich denken, daß die Ziegenzüchter nicht wissen, wie man Züge fahren läßt. Ob unabhängig oder nicht, man wird immer kompetente Bahnhofsvorsteher benötigen.

Dieser Standpunkt wurde von einer kleinen Gruppe ewig-gestriger Nationalisten nicht geteilt, die Belkacem kidnappten und ihn beinahe ins Jenseits beförderten. Als Mokhtar benachrichtigt wurde, konnte er ihn im letzten Moment noch aus ihren Klauen befreien.

– Aber warum versteifst du dich so sehr darauf, nichts über deine Beteiligung am Befreiungskampf verlauten zu lassen?

Der Vorfall hatte dem Hochmut des Eisenbahners keinen Abbruch getan.

– Wie oft habe ich dir schon die Plumpheit deiner Überlegungen vor Augen geführt? Deine Zeit im Maquis scheint sie nicht verfeinert zu haben. Es erfüllt mich nicht mit Stolz, euch einen strategischen Hinweis gegeben zu haben, wie die Eisenbahn vom Kurs abgebracht wird. Es hat lange Zeit schwer auf meinem Gewissen gelastet. Aber es war das einzige Mittel, euch von euren unaufhörlichen Sachbeschädigungen am Schienennetz abzubringen. So ein Rüpel wie du kann meine Skrupel natürlich nicht verstehen.

Mokhtar hingegen wurde aufgrund seiner zum Wohl des Landes geleisteten Dienste zum Leiter des Postamts befördert.

– Hoffentlich steigt dir deine neue Stellung nicht zu Kopfe, warnte ihn Belkacem. Du verdankst sie nicht deiner Kompetenz, sondern deinen jahrelangen Märschen im Djebel und der Hilfe eines diskreten guten Geistes, die es dir gestattet hat, einen blendenden Streich zu führen. Alles in allem nichts, worauf du stolz sein könntest.

Trotz seines neuen Dienstgrades nahm es der Postbeamte gerne hin, weiter die Post auszutragen, umso mehr als sich die Anzahl der Briefe, die täglich das Dorf erreichten, an einer Hand abzählen ließen. Punkt 16 Uhr trat er aus seinem Büro heraus, um sich zum Bahnhof zu begeben, den kleinen vom 14 Uhr 12 Zug ausgeladenen Postsack in Empfang zu nehmen und den abzuliefern, der am nächsten Tag in der Frühe mit demselben Zug an die zentrale Sortierstelle zurückgehen sollte.

Er hatte auch seine alte Gewohnheit wieder aufgenommen, auf der Schwelle zum Wartesaal der Wanduhr einen skeptischen Blick zuzuwerfen. Da er wußte, daß Belkacem ein Fanatiker der Genauigkeit war, kitzelte er ihn gern an seiner empfindlichen Stelle, indem er ihm versicherte, daß seine Antiquität einige Minuten vor- oder nachgehen würde.

– Unmöglich, erwiderte letzterer scharf. Ich vergleiche sie jeden Morgen mit der Uhrzeit im Radio.

– Du weißt doch genau, daß das Radio bei uns immer lügt.

An jenem Tag wollte der Postbeamte, nachdem er beim Eintreffen automatisch seinen Kopf gehoben hatte, schon seinem üblichen Weg folgen; doch als ihm bewußt wurde, was seine Augen gerade registriert hatten, blieb er verwundert stehen. Er fixierte noch einmal die Wanduhr. Sie zeigte 16 Uhr 17 an. Mokhtar sagte sich, daß er doch ganz zur gewohnten Stunde weggegangen war, und er erinnerte sich nicht, auf dem Weg gebummelt zu haben. Er konnte keine siebzehn Minuten gebraucht haben, um die Entfernung von seinem Büro zum Bahnhof zurückzule-

gen. Er blieb einen Moment unschlüssig stehen, schüttel-
te den Kopf und schaute dann auf seine eigene Uhr. Sie
zeigte 16 Uhr 05. Eine Differenz von sage und schreibe
12 Minuten. Mokhtar hatte absolutes Vertrauen in seine
Uhr. Sie hatte ihn noch nie enttäuscht, selbst während
der harten Jahre im Maquis nicht. Folglich mußte die
Wanduhr vorgehen. Da er den Genauigkeitsfimmel des
Eisenbahners kannte, wollte er einfach nicht glauben,
daß jener eine solche Nachlässigkeit hätte durchgehen
lassen. Nachdem er eine Weile die Zeiger beobachtet hatte, ließ er einen spontanen Schrei los:
– Sie ist ja kaputt!
Er rief seine verblüffende Feststellung just in dem Moment, als Belkacem eintrat, der schlagartig begriff, was
seine Stimmung den Tag über getrübt hatte: die Furcht
vor den voraussehbaren Sarkasmen des Postbeamten.
Selbstverständlich fühlte sich der Bahnhofsvorsteher gekränkt. Zum ersten Mal in seiner Laufbahn mußte er sich
eine berufliche Unzulänglichkeit eingestehen. Mehr
noch demütigte ihn, daß er sich vor dem Postbeamten
rechtfertigen mußte.
– Ich weiß, murmelte er. Sie ist gestern kaputt gegangen.
Ich habe den Vorfall schon in meinem Bericht gemeldet.
Sie werden mit der Reparatur nicht lange zögern. Ich habe nicht gewagt, sie dem inkompetenten Uhrmacher im
Dorf anzuvertrauen.

Belkacem war umso zerknirschter, als sein Gesprächspartner, den er für gewöhnlich hochmütig, aber seit seiner Rückkehr aus dem Maquis und seiner unverdienten
Beförderung zurecht von oben herab ansah und verspot-
tete, den Abstand zwischen ihrer jeweiligen Stellung anscheinend zu vermindern suchte und sich auf eine Stufe
mit ihm stellen wollte.
Das war der Grund, weshalb er an diesem Morgen ein
Liedchen trällerte vor Freude darüber, das regelmäßige
Tick-Tack der alten Uhr wieder zu hören, wovon er sich

76

eine schöne Revanche gegenüber dem Postbeamten versprach, den er in aller Gelassenheit erwartete. Er prüfte noch einmal, ob auch der Schaltkreis des Krokodilkontakts in Ordnung war, eine Aufgabe, mit der er die nagende Ungeduld besänftigte, die ihn trotz seiner sprichwörtlichen Ruhe zappeln ließ.

– Er wird nicht umhin können, meine außerordentlichen Fähigkeiten anzuerkennen, frohlockte er innerlich.

Belkacem wußte nicht, daß seine Rachegelüste enttäuscht würden. Er mochte die anderen Dorfbewohner nicht sonderlich, die ihn ihrerseits, trotz der vierzig Jahre, die er hier verbracht hatte, immer noch wie einen Fremden behandelten. Ein Zwischenfall, der sich einige Jahre zuvor plötzlich ereignet hatte, war der Auslöser seines endgültigen Zerwürfnisses mit den Einheimischen.

Eines Tages war in dem Marktflecken ein Mann aufgetaucht, der mit einem seltsamen, auf einem Dreifuß stehenden Apparat ausgerüstet war. Er wurde von einem Helfer begleitet, der ein langes Lineal trug, das mit roten und weißen Streifen schraffiert war. Man glaubte, er sei ein Photograph, doch er bat niemanden, sich vor seinem Objektiv aufzustellen. Er agierte mehrere Tage lang, lief mal hierher und mal dorthin, wobei er seinem Assistenten befahl, sich an unterschiedlichen Plätzen zu postieren. Mit Handzeichen forderte er ihn auf, näher zu kommen, zurückzutreten, ein paar Schritte nach links oder nach rechts zu gehen, dann beugte er sich über das Sichtfenster seines Apparats, drehte an einer Schraube, notierte einige Zahlen in seinem Notizbuch und wechselte die Stelle, um dieselben Vorgänge neu zu beginnen. Belkacem, der sich eines den anderen überlegenen Wissens rühmte, war ebenso stutzig geworden wie die anderen Dorfbewohner. Er diskutierte darüber mit dem Postbeamten. Dieses eine Mal gaben die beiden Männer in gegenseitiger Übereinstimmung ihr Unwissen zu.

– Und wenn wir ihn fragen würden? schlug Mokhtar vor.

– Das liegt im Verantwortungsbereich des Bürgermeisters. Dieser Mann ist sicher nicht da, um die Dorfbauern bei ihren täglichen Arbeiten zu unterhalten. Er sieht aus wie ein Ingenieur. Er wird einen Auftrag auszuführen haben. Diese Leute beschäftigen sich mit so komplizierten Dingen, daß sie es nicht sehr schätzen, wenn man sie dabei stört. Sie könnten Fehler machen bei ihren Berechnungen.

Ebenso plötzlich wie er gekommen war, verschwand der Mann wieder, und die Dorfbewohner vergaßen diese ungewöhnliche Expedition. Einige Monate später gab es aber ein Wiedersehen mit dem Fremden, der einem Auto entstieg, auf dessen Seitentüren stolz das Signet der Eisenbahngesellschaft prangte. Da er feststellen mußte, daß ein Vertreter des Unternehmens in seinen Sektor geschickt worden war, ohne daß man sich die Mühe gemacht hatte, ihn vorher zu benachrichtigen, fühlte sich Belkacem schwer gekränkt, und das umso mehr, als Mokhtar es nicht versäumte, ihm anzudeuten, daß die Eisenbahngesellschaft offenbar wenig Aufhebens um den lokalen Bahnhofsvorsteher machte. Seinen Ärger hinunterschluckend, entschloß sich Belkacem zur diskreten Kontaktaufnahme mit seinem Kollegen. Er hatte es nicht zu bereuen. Jener empfing ihn mit großer Liebenswürdigkeit und offenbarte ihm den Grund seiner Anwesenheit im Dorf. Im Gegenzug legte Belkacem Wert darauf, daß er seinen Bahnhof besichtigte, um ihm zu zeigen, daß alle Anlagen perfekt funktionierten. Der Mann glaubte sich in ein Dekor des Jahrhundertanfangs zurückversetzt, das als Filmkulisse wieder errichtet worden war. Aber er beglückwünschte Belkacem für sein berufliches Pflichtbewußtsein.

Belkacem hatte sich immer geweigert, die einheimische Sprache zu lernen, die im Dorf ausschließlich gebraucht wurde, drückte sich stets im argwöhnischen und ältlichen Französisch eines Volksschullehrers aus der III. Republik aus und gebrauchte Arabisch nur, wenn es unbedingt notwendig sein sollte. Während der Kolonialzeit hatte man ihn für einen Anhänger der Assimilationsverfechter gehalten. Aber der Eisenbahner warf dem nationalen Jargon seinen fehlenden technischen Charakter vor, und als die Unabhängigkeit wiedererlangt war, benutzte er weiter die ausländische Sprache, was den Umfang der Akte unweigerlich anschwellen ließ, die der örtliche Parteichef ganz gewissenhaft über ihn führte.

Im übrigen hatte Belkacem immer als Junggeselle gelebt, und das in einem Land, wo man Halbwüchsige ab der Pubertät verheiratete, um ihnen Verfehlungen aus ungestillten Begierden zu ersparen. Die meisten Einwohner glaubten ihn von einem hinderlichen Übel befallen, während ihn seine heftigsten Verächter widernatürlicher Sitten beschuldigten. Um sich endgültig von den anderen abzugrenzen, weigerte sich der Mützenträger, einen Fuß in die Moschee zu setzen, selbst zum großen Gebet des Aïd*. Er beschrieb sich als einen Mann der Ordnung, aber auch als Agnostiker.

Noch nie hatte jemand einen Fuß in sein kleines Zuhause setzen können, das oben im Bahnhofsgebäude lag, nicht einmal sein Gesprächspartner. Als Mokhtar sich unversehens von ihm eingeladen sah, begriff er, daß der Bahnhofsvorsteher ihn an einem Ereignis von außerordentlicher Bedeutung teilhaben lassen wollte. Seine bevorstehende Pensionierung? Eine neue Aufgabe? Eine Beförderung? Zu Ehren seines Gastes öffnete Belkacem eine Flasche alten Wein. Mokhtar tat erst so, als koste er nur davon, um seinen empfindlichen Freund nicht zu verletzen. Tatsächlich fand er bald so sehr Geschmack daran,

* Das Aïd el-Kebir (wörtlich: das große Fest) ist das größte religiöse Fest im Islam, während dessen zur Erinnerung an das Opfer Abrahams ein Hammel geschlachtet wird. Am ersten Morgen des Aïd el-Kebir gibt der Imam durch ein Gebet die Erlaubnis zur Opferung. (Anm. des Übers.)

daß der Bahnhofsvorsteher ihm noch zwei weitere Male einschenken mußte. Die Diskussion begann mit den üblichen Betrachtungen über die neuesten Entwicklungen in der internationalen Politik und zog sich bis spät in die Nacht hinein. Irgendwann nahm Belkacems Gesicht, nachdem er den Einwand, der ihm soeben entgegengebracht worden war, mit einer lässigen Geste hinweggewischt hatte, feierliche Züge an, um seinem Gesprächspartner die grandiosen Pläne der Eisenbahngesellschaft anzuvertrauen.

– Der Mann, der zu uns gekommen ist, ist ein Vermessungstechniker. Er macht Untersuchungen für die Streckenführung der neuen Eisenbahnlinie.

– Eine neue Eisenbahnlinie? Aber schon die vorhandene wird doch von nur einem einzigen Zug benutzt.

– Ich stelle wieder einmal fest, wie begrenzt dein intellektueller Horizont ist. Dank ihrer großen Tradition wird die Eisenbahngesellschaft den Führern dieses Landes, die ebenso beschränkt sind wie du, immer um fünfzig Jahre voraus sein. Weißt du was eine Schmalspur ist?

– Nein, gab Mokhtar ganz unbefangen zu.

– Es ist zum Verzweifeln. Nie wird es mir gelingen, dir irgendetwas beizubringen.

– Na, und?

– Bei einer Schmalspurbahn liegen die Schienen nur hundertfünf Zentimeter und fünf Millimeter auseinander. Wie bei jener, die durch die Wüste führt. Sie wurde lange vor deiner Geburt gebaut. Moderne Streckennetze haben dagegen eine Spurweite von hundertdreiundvierzig Zentimetern und fünf Millimetern. Das ist viel vorteilhafter.

– Das wußte ich nicht, gab Mokhtar zu.

– Unser Unternehmen hat ein umfangreiches Projekt zur Normalisierung des Streckennetzes gestartet. Das wird uns aller Probleme entledigen, die es beim Umladen von einer Spur auf die andere gibt. In einer zweiten Phase hat das Unternehmen sich vorgenommen, alle Linien zweigleisig zu machen, und auf lange Sicht soll das ganze Streckennetz elektrifiziert werden. Das wird eine monumentale Leistung sein. Und deshalb ist der Vermessungstechniker hier.

Belkacem wußte, daß es ihm gelungen war, Bewunderung und Neid seines Gastes zu erregen, als dieser sich gezwungen sah, auf ein vages Projekt zu sprechen zu kommen, das eine zukünftige Telefonverbindung zu seinem Postamt betraf.

– Träumen darf jeder, gestand ihm der Bahnhofsvorsteher nachsichtig zu.

Der Mann mit dem Theodoliten kam sechs Monate später in das Dorf zurück, um eine Arbeitsbesprechung mit dem Bürgermeister und seinen Beisitzern abzuhalten. Belkacem fühlte sich für seine vierzig Jahre treuer Dienste belohnt, als ihn der Vermessungstechniker einlud, an der Versammlung teilzunehmen.

Große Landkarten wurden über den Tisch ausgebreitet, und der Repräsentant der Eisenbahngesellschaft erging sich in langwierigen Erklärungen. Vom Feuerwerk technischer Ausdrücke angesteckt, versuchte Belkacem dem Redner mit einer frenetischen Anstrengung seiner gesamten, wie ein Bogen gespannten Aufmerksamkeit zu folgen. Je mehr er spürte, daß er den Boden unter den Füßen verlor, umso rasender nickte er mit dem Kopf.

Die Räte der Dorfverwaltung hatten die Ankündigung der Versammlung zuerst mit Zurückhaltung aufgenommen.

– Was wird er von uns wollen?

Die Erfahrung hatte sie gelehrt, daß sich der Staat nur dann um ihre Existenz kümmerte, wenn er etwas aus ihnen herauspressen wollte. So begaben sie sich also voller Mißtrauen zum Bürgermeisteramt. Sie hörten der Ansprache des Technikers geduldig zu, ohne sich die Mühe zu machen, ihn verstehen zu wollen. Sie warteten auf die schlechten Nachrichten, die seine Rede vermutlich beenden würde. Als der Redner nach ihrer Meinung fragte, zuckten die Beisitzer mit den Schultern; keiner unter ihnen wollte das erste Wort sagen.

– Worum handelt es sich eigentlich? fragte der Bürgermeister schließlich.

– Um die neue Streckenführung der Eisenbahn.

Die Atmosphäre entspannte sich, als die Zuhörer begriffen, daß die gesamten Arbeiten von einer ausländischen Firma ausgeführt würden und daß man sie, kurz gesagt, nur um ihre Zustimmung bat. Beruhigt stimmten sie dem Projekt begeistert zu, und der Bürgermeister hielt eine kurze Rede aus dem Stegreif, in der er sich selbst beglückwünschte. Er hatte nicht einmal die Zeit, sie zu beenden, als ihm der Imam völlig unangebracht ins Wort fiel:

– Eine ausländische Firma?

– Jawohl.

– Es werden also Ausländer hierher kommen?

– Zweifellos.

– Mohammedaner?

– Kennen Sie welche, die Eisenbahnstrecken bauen könnten?

– Wir können nicht zulassen, daß Ungläubige unter uns weilen, die den Glauben bei uns zu verderben drohen.

Der Bürgermeister hatte sich nicht für den Dialog interessiert, sondern sich über die auf dem Tisch ausgebreitete Landkarte gebeugt. Er zeigte mit dem Finger auf den breiten violetten Strich und fragte:

– Ist das da die neue Streckenführung?

– Genau, antwortete der Vermessungstechniker.

– Und die kleinen Vierecke da?

– Das sind die Wohnhäuser, die auf der Strecke liegen.

– Und was passiert mit ihnen?

– Sie müssen abgerissen werden.

– Wie bitte?

– Selbstverständlich wird die Verwaltung ihre Bewohner angemessen entschädigen.

– Diese Häuser mögen baufällig aussehen. Aber über eines sollten Sie sich nicht täuschen. Sie haben einiges Geld gekostet, und noch viel mehr Mühe, doch jedes von ihnen beherbergt eine Welt der Liebe und Zuneigung. Ihr Preis ist unschätzbar.

– Wir haben Buchhalter, die in der Lage sind, alles zu schätzen.

– Und der kleine Kreis dort, was stellt der dar? fragte der Bürgermeister weiter.

– Das ist das kleine weiße Gebäude am Eingang des Dorfes.

– Und das befindet sich auch auf der Strecke?

– Ja.

– Soll es auch abgerissen werden?

– Ja.

– Stop.

Erschrocken wich der Bürgermeister mit ausgestreckter Hand einen Schritt zurück, während seine Beisitzer sogleich mit dem Beten des passenden Koranverses begannen.

Das Gerücht verbreitete sich im ganzen Dorf, und die Bevölkerung geriet in Aufruhr, als sie erfuhr, daß man vorhatte, das Mausoleum Sidi Daouds niederzureißen, des heiligen Beschützers des Orts. Einige besonders Erregte beeilten sich, ihre alten Gewehre hervorzuholen, mit denen sie gegen die Kolonialmacht in den Krieg gezogen waren. Der Vermessungstechniker versuchte, sie zur Vernunft zu bringen. Aber da war nichts zu machen.

– Sie behalten Ihre Pläne und wir behalten unseren Heiligen.

Es gab sogar einige Morddrohungen. Der Techniker ging weg mit der Ankündigung, daß er seiner Direktion eingehend Bericht erstatten würde. Das erregte Aufbrausen der Dorfbewohner legte sich schnell, wie sich Hochwasser nach einem Sturm zurückzieht, aber die Kontroverse zwischen dem Bahnhofsvorsteher und dem Postbeamten setzte sich noch lange Zeit fort.

– Ihre Haltung ist vollkommen idiotisch, wiederholte Belkacem. Dieses Projekt ist ein Glücksfall für die Region. Es wird nicht nur allen Arbeitslosen Arbeit geben, sondern auch erlauben, das Dorf an den Verkehr anzuschließen.

– Du wirst immer ein Fremder bleiben. Du kannst die Gefühle nicht verstehen, die die Bevölkerung für ihren Schutzheiligen hegt. Er ist der Gründer des Dorfes, unser aller Vater. Und er bewahrt uns vor schlimmen Schicksalsschlägen.

– Sag bloß, du glaubst auch noch an dieses alberne Gerede? Was wird denn aus all deinen schönen Theorien des Materialismus?

– Das hat nichts miteinander zu tun.

– Und wovor hat euch euer Heiliger bewahrt?

Durch dieses Abenteuer sollte Belkacem einen anhaltenden Groll gegen die Bevölkerung zurückbehalten. Da man jedoch nie wieder etwas von dem Vermessungstechniker und seinem Plan hörte, war der Vorfall schnell vergessen.

Gegen Mittag ging der Bahnhofsvorsteher in seine kleine Wohnung hinauf, um sich eine leichte Mahlzeit zuzubereiten. Als Belohnung für die Reparatur der Uhr genehmigte er sich zwei großzügig eingeschenkte Gläser Wein. Nachdem er sein Mittagessen beendet hatte, machte er es sich gewohntermaßen in seinem tiefen Sessel bequem und ließ sich in einen Schlummer gleiten, der ihm durch den Alkohol und den Gedanken an die baldige Revanche über den Postbeamten versüßt wurde. Für gewöhnlich weckte ihn das Signal, mit dem die bevorstehende Ankunft des Zuges angekündigt wurde. Dann lief er stets hinunter, um die Schranke herabzulassen, und begab sich, die Fahne in der Hand, auf den Bahnsteig, um gespannt das Auftauchen der Lokomotive zu erwarten. Doch an diesem Tag öffnete er die Augen ohne die Hilfe des Signalhorns. Erstaunt schaute er sich um, musterte

die Möbel des Zimmers, in dem er vierzig Jahre verbracht hatte, als ob er sie nicht wiedererkannte. Er hatte
den Eindruck, aus einer außerirdischen Welt aufgetaucht
zu sein. Nichtsdestotrotz weigerte er sich, sich von dieser eigenartigen Atmosphäre bezaubern zu lassen, und
stand schleunigst auf, fest entschlossen, die von seinem
Schlaf abgegangenen Minuten sinnvoll zu nutzen, um
die Funktion der Uhr im Wartesaal zu kontrollieren. Sein
Optimismus verschwand schlagartig, als er feststellte,
daß sie 14 Uhr 30 zeigte.

– Also gut, sagte er enttäuscht zu sich. Jetzt geht sie vor.
Und trotzdem habe ich sie richtig gestellt. Im Moment
habe ich keine Zeit, mich mit ihr zu beschäftigen, denn
der Zug kann sich jeden Augenblick ankündigen. Ich
hoffe, ich kann sie wieder auf den richtigen Stand bringen, bevor der Briefträger kommt.

Er kehrte dieser Uhr also den Rücken zu, die ihm soviel
Unbill bereitete, und holte automatisch seine Taschenuhr hervor. Fassungslos blieb er stehen, als er feststellte,
daß sie ebenfalls 14 Uhr 30 zeigte.

– Ist es denn die Möglichkeit!

Er stürzte Hals über Kopf in sein Büro zurück. Die Pendeluhr meldete 14 Uhr 31. Einen Moment lang geriet er
in Panik. Er verstand überhaupt nichts mehr von der
Chronologie der Ereignisse.

– Es kann nicht 14 Uhr 30 sein, denn der Zug ist ja noch
nicht angekommen.

Ihm schien, als hätten sich der Zug, das Signalhorn und
die drei Chronographen verbündet, um den geordneten
Gang der Dinge durcheinanderzubringen. Sie machten
sich über ihn lustig. Das Ticktack der Pendeluhr ähnelte
einem spöttischen Lachen. Die Zeiger seiner Taschenuhr
zeichneten jene Geste mit angewinkeltem Arm, die Du-
kannst-mich-mal-bedeutete. Wütend lief er zurück auf
den Bahnsteig hinaus, um das Gleis zu beobachten, das
beharrlich leer blieb.

Plötzlich entspannte ein Lächeln seine Gesichtszüge: Jetzt hatte er alles verstanden.

– Natürlich! Der Zug hat Verspätung. Die Wanduhr geht richtig.

Beruhigt kehrte er in sein Büro zurück.

– Was kann ihm bloß passiert sein? fragte er sich. Wir haben doch nicht mehr Winter; kein Schnee kann die Strecke blockieren. Zweifellos irgendein Zwischenfall. Warten wir ab.

Doch die Zeit verging, und kein Zug zeigte seine Schnauze. Belkacem begann, sich Sorgen zu machen.

– Bestimmt ist ein Unfall passiert: Entgleisung oder Zusammenstoß mit einem anderen Zug.

Mokhtar bemerkte gleich bei seinem Eintreffen, daß die Wanduhr wieder ging.

– Ja, antwortete der Bahnhofsvorsteher, ich habe sie selbst repariert.

Aber er hatte nicht mehr den Mut zu frohlocken.

– Ich mache mir Sorgen, gestand er ihm. Der Zug hat große Verspätung.

– Ist er noch nicht durchgekommen?

– Nein.

– Dann muß es etwas Ernstes sein. Vielleicht solltest du den Bahnhofsvorsteher von Sidi Larbi anrufen?

Belkacem mochte seinen Kollegen vom Nachbarbahnhof nicht sehr, denn dieser glaubte sich berechtigt, ihn mit großer Herablassung zu behandeln, weil er das Glück hatte, einem wichtigeren Bahnhof als seinem vorzustehen und eine höhere Sprosse der Leiter erklommen zu haben. Belkacem mußte bitter feststellen, daß es selbst bei der Eisenbahn ein paar Ungerechtigkeiten gab. Infolgedessen hatte er den Austausch mit seinem Amtsbruder auf die dienstlich strikt notwendigen Kontakte beschränkt.

– Genau das habe ich eben zu tun beschlossen, antwortete er dem Postbeamten, um ihm zu bedeuten, daß er Herr der Lage bliebe.

Er wartete, bis Mokhtar wieder gegangen war, um den Telefonhörer abzunehmen.

Sein Gesprächspartner versicherte ihm mit spöttischem Tonfall, daß der 14 Uhr 12 Zug zur vorgesehenen Zeit durchgefahren sei.

Belkacem hatte das Gefühl, Tausende von lebendigen Stacheln würden über sein Gehirn herfallen.

– Der Zug ist vorbeigefahren, während ich schlief! Welche Katastrophe!

Er erhob sich.

– Und der Lärm hat mich nicht geweckt? Daran sind zweifellos diese verdammten zwei Gläser Wein Schuld.

Es hielt ihn nicht mehr an seinem Platz; er lief auf den Bahnsteig hinaus, um nach irgendwelchen Spuren des vorbeigefahrenen Zuges zu suchen.

– Im Grunde genommen haben all diese Ereignisse ihre Ursache in der kaputten Uhr. Letzten Endes ist es wirklich nicht meine Schuld.

Nachdem er so lange Jahre tadellos seinen Dienst versehen hatte, war er durch dieses erste Versäumnis zutiefst gekränkt.

– Bei seiner Rückkehr zum Hauptbahnhof wird der Zugführer die Unregelmäßigkeit bestimmt dem verantwortlichen Streckenleiter melden. Zweifellos werde ich eine ernste Rüge erteilt bekommen. Und zu Recht.

Er kehrte an seinen Schreibtisch zurück, wo er längere Zeit niedergeschlagen sitzenblieb und sich fragte, welchen Grund er wohl in dem Bericht angeben könnte, den zu schreiben er sich nicht durchringen konnte. Er dachte einen Moment, wenn der Zug auf der Rückfahrt am nächsten Morgen um 4 Uhr 30 wieder vorbeikäme, mit dem Zugführer darüber zu sprechen, in der Hoffnung, ihn überreden zu können, die Augen über seine unzulässige Abwesenheit zu schließen. Aber sogleich wurde ihm auch bewußt, daß er niemals die Stirn hätte, ein solches Ansinnen zu formulieren, wobei er es sehr bedauerlich fand, daß ein Verweis eine ganze Folge von höchst lobenswerten Beurteilungen empfindlich beeinträchtigen würde.

In der Nacht konnte er kein Auge zutun. Um 4 Uhr morgens stand er auf, zog sich an und lief mit zerknirschter Miene auf den Bahnsteig. Er setzte sich, sein Fähnchen unter dem Arm, auf eine Bank und wartete.

Doch der Zug ließ sich nicht blicken um 4 Uhr 30.

– Sollte er diesmal wirklich Verspätung haben? Ein seltsames Zusammentreffen der Umstände. Gedulden wir uns noch etwas.

Das Signal der Lokomotive ließ sich den ganzen Vormittag über nicht vernehmen.

Belkacem verstand überhaupt nichts mehr.

– Wenn der Zug auf der Hinfahrt hier vorbeigefahren ist, muß er es auch auf der Rückfahrt tun.

Zuletzt blieb ihm nur, sich einzugestehen, daß ihm die Sache nicht in den Kopf ging, er weigerte sich, weiter Vermutungen anzustellen, setzte sich an seinen Tisch und begann, einen Bericht abzufassen, in dem er alle Ereignisse seit dem Defekt der Wanduhr in ihrer chronologischen Reihenfolge und bis aufs i-Tüpfelchen genau verzeichnete. Er unterschrieb das Dokument, steckte es in einen an den Streckenleiter adressierten Umschlag und machte per Stempel auf die Dringlichkeit aufmerksam. Schon wesentlich fideler, sein Gewissen um das Gewicht einer Verantwortung erleichtert zu haben, das er soeben in die Hände seines Vorgesetzten gelegt hatte, stand er wieder auf.

– Die Hierarchie hat doch etwas für sich, dachte er.

Doch mit einem mal kam er sich ganz dumm vor, als ihm aufging, daß sein Rechenschaftsbericht ja nur mit dem Zug zu seinem Adressaten gelangen konnte. Und von neuem wurde er von einem Schwarm Fragen bestürmt.

– Wenn der Zug auf der Hinfahrt vorbeigefahren ist, muß er es auch auf der Rückfahrt tun. Jetzt haben wir Mittag, und ich habe noch nichts gesehen. Demnach müßte er also auch auf der Rückfahrt Verspätung haben.

Das ist unwahrscheinlich. Und wenn er auf der Hinfahrt letztlich doch nicht vorbeigekommen ist? Aber warum hätte man seine Abfahrt annulieren sollen. Ein Zug kann Verspätung haben, und das mehr oder weniger je nach Ursache der Verspätung, doch es scheint mir ausgeschlossen zu sein, daß man eine Hin- und Rückfahrt so einfach hätte streichen können. Sieht man einmal von Ereignissen von außergewöhnlicher Bedeutung ab. Gibt es womöglich eine Revolution in der Hauptstadt? Aufstände? Den Belagerungszustand? Eine Ausgangssperre? Stimmt, wenn die Zeitung nicht mehr kommt, ist es schwierig zu wissen, was passiert. Im Radio war nichts zu hören. Aber wir wissen ja, daß es für gewöhnlich keine nützlichen Nachrichten sendet. Es beschränkt sich auf die Verbreitung der Reden, denen sowieso niemand zuhört. In diesem Falle hätte mich der Bahnhofsvorsteher von Sidi Larbi angelogen. Mir ist klar, daß unsere Beziehung recht unterkühlt ist, aber er bleibt doch ein Eisenbahner, eine solche Mißachtung der Reglements hätte er sich nie erlaubt. Warten wir bis 14 Uhr 12. Wenn der Zug ankommt, wird sich alles aufklären. Wenn er aber wirklich noch nicht vorbeigefahren und auch noch nicht wieder zurückgekommen ist, wird er gar keine Zeit haben, wieder den Hauptbahnhof zu erreichen und kehrtzumachen, um hier erneut um 14 Uhr 12 einzutreffen. Man braucht also nicht darauf zu hoffen. Und dann?

Der 14 Uhr 12 Zug kündigte sich nicht an. Nachdem er sich eine halbe Stunde geduldet hatte, entschloß sich Belkacem, mit seinem Amtsbruder in Sidi Larbi Kontakt aufzunehmen. Dieser bestätigte ihm, diesmal heiter und vergnügt, daß er den Zug mit einer Verspätung von genau sechzehn Sekunden empfangen hätte.

– Vielleicht spielt er Bockspringen mit einigen Bahnhöfen, fügte er noch hinterhältig hinzu.

Der Zug zeigte sich weder an diesem Tag noch an den folgenden, und die zusätzlichen Berichte des Bahnhofsvorstehers stapelten sich in seinem Büro. Mokhtar wurde seinerseits von Unruhe ergriffen.

– Ich kann meine Postsendungen weder in Empfang nehmen noch welche aufgeben, beklagte er sich bei Belkacem.

– Ich bin überzeugt, daß die Dinge bald wieder ihren gewöhnlichen Lauf nehmen, versicherte ihm dieser.

– Was sagt der Bahnhofsvorsteher von Sidi Larbi?

– Er behauptet, daß der Zug in beiden Richtungen zur planmässigen Zeit passiert. Aber ich bin sicher, daß er sich über mich lustig macht. Er ist neidisch auf mich, weil ich während der Inspektionen bessere Beurteilungen erhalte als er.

– Was können wir tun.

– Uns noch ein wenig gedulden.

– Ich muß meinem Vorgesetzten Bericht erstatten, bemerkte Mokhtar. Ich werde ihm einen Brief schreiben.

– Und wie soll ihn der erreichen, wenn kein Zug mehr geht?

Am fünften Tag stellte auch das Telefon des Bahnhofs seinen Dienst ein. Die neuerliche Katastrophe brachte Belkacem an den Rand der Verzweiflung. Er legte seinen Hochmut völlig ab und ging den Postboten um Rat fragen. Dieser schlug vor, ein Telegramm abzuschicken.

– Gott sei Dank funktioniert mein Apparat bestens.

Zu Tode betrübt, entschloß sich Belkacem, auf die Dienste des Postbeamten zurückzugreifen. Doch die Tage vergingen, und keine Antwort kam. Mokhtar schickte seinerseits ein Kabel an seine Verwaltung um sie auf das Problem aufmerksam zu machen, daß die Postsendungen ausblieben, seit der Zug nicht mehr ging. Das Telegramm, das man ihm zur Antwort schickte, bestätigte ihm, daß der Zug Nr. 1537 laut Informationen, die man bei der Eisenbahngesellschaft eingeholt hatte, ohne irgendwelche Fahrplanänderungen weiter verkehrte, und daß es sich deshalb empfahl, auf das übliche Mittel zurückzugreifen, um den Postdienst aufrecht zu erhalten.

Mokhtar begab sich zum Bahnhof, wobei er siegessicher seinen blauen Durchschlag schwang.

– Da hast du den Beweis, daß meine Verwaltung besser organisiert ist als deine, wo du doch keine Gelegenheit ausläßt, die Postdienste herabzuwürdigen.

Belkacem, der nicht mehr in der Lage war, Flagge zu zeigen, gab seinem Gesprächspartner zu verstehen, daß der Text keineswegs das Problem mit der Beförderung seiner Postsendungen regelte.

– Stimmt, stellte Mokhtar kläglich fest. Wir befinden uns also in der gleichen Lage.

Mehrere Tage lang wurde Belkacem von der Versuchung gequält, sich bei seinem Chef direkt zu erkundigen. Doch abgesehen davon, daß er es verabscheute, unversehens vor seinem Vorgesetzten zu erscheinen, untersagten es ihm Disziplin und Pflichtgefühl, seinen Posten ohne Erlaubnis zu verlassen.

Um Rat gefragt, ermutigte ihn der Briefträger heftig, die Fahrt zu unternehmen.

– Es wird dich nicht mehr als einen halben Tag kosten.

– Soll das ein Scherz sein? Ohne den Zug brauche ich mindestens drei Tage. Mit dem Bus muß man viermal umsteigen, auf der Hinfahrt wie auf der Rückfahrt.

– Das ist wahr. Ich hatte es vergessen.

– Drei Tage Abwesenheit, das kann mir als Verlassen des Postens ausgelegt werden.

– Aber der Zug fährt ja nicht mehr.

– Ganz egal. Ein Eisenbahner muß immer auf seinem Posten bleiben.

– Ich werde dich solange vertreten.

– Du? Ich kannte deine unbesonnene Haltung ja schon lange, aber jetzt beginnst du zu spinnen. Gib dich damit zufrieden, deinen Stempel auf die Briefe zu setzen.

Letzten Endes entschloß sich Belkacem doch, die Reise anzutreten. Als er in der Hauptstadt ankam, erfuhr er auf dem Hauptsitz der Gesellschaft, daß die Verwaltung des Streckennetzes dezentralisiert und die Direktion für den Ostsektor, zu der sein Bereich gehörte, seit geraumer Zeit in eine andere Stadt verlegt worden war. Nachdem er sich die Adresse notiert hatte, kehrte er glücklich, eine Erklärung für das Schweigen seines Chefs zu besitzen, nach Hause zurück.

– Siehst du, sagte er zu Mokhtar, meine Nachricht hat ihn nur nicht erreicht. Und da niemand an seiner Stelle antworten konnte ...

Er hatte also wieder Vertrauen gefaßt und richtete ein neues, vorschriftsmäßig aufgesetztes Telegramm an seinen Chef. Schon am nächsten Tag erhielt er eine Antwort, die ihn baß erstaunen ließ. Sein Telegrammpartner richtete ihm aus, daß der genannte Bahnhof sich nicht innerhalb seines Operationsbereichs befinde, er also keinerlei Antwort geben könne.

Belkacem wußte nicht mehr weiter. Er beobachtete den Postbeamten, der ihm soeben den Umschlag überreicht hatte, und dessen Miene eindeutig bewies, daß er den Inhalt bereits zur Kenntnis genommen hatte. Ihr gemeinsames Mißgeschick hatte die beiden Männer einander nähergebracht, und weder der eine noch der andere hatte es gewagt, kränkende Bemerkungen zu machen. Sie diskutierten lieber bedächtig alle Möglichkeiten, konnten jedoch zu keiner Schlußfolgerung gelangen.

Dasselbe Mißgeschick sollte sie bald wieder zu Gegnern machen. Zur Untätigkeit verurteilt, verbrachten die beiden Beamten ihre Tage damit, über die vergangene Zeit zu jammern; einer wie der andere hatten sie es endgültig aufgegeben, das Geheimnis des verschwundenen Zugs zu durchdringen. Ihre Debatte verkümmerte, da sie von keiner täglichen Zeitungslektüre mehr mit neuen Elementen gespeist werden konnte. Ihre Moral sank, sie verbitterten zusehends und gelangten soweit, wenig freundliche Worte auszutauschen. Bevor ihre Beziehungen Schaden nahm, beschlossen sie in gegenseitigem Einvernehmen, kein Wort mehr an den anderen zu richten. Jeder zog sich in sein Büro zurück und verließ es nicht mehr.

Es gab einige Einwohner, die soweit gingen, sich beim Bahnhofsvorsteher zu beschweren, weil sie ihre Oliven- und Gerste-Ernten nicht mehr zum Markt von Sidi Larbi versenden konnten. Doch Belkacem konnte nur die Arme gen Himmel heben.

In jenem Jahr kündigte sich der Winter vorzeitig und mit Strenge an. Ein heftiger Schneesturm versperrte den gewundenen Weg, der ins Dorf führte, und verursachte den Bruch der Telegraphenleitung. Der einzige Bulldozer der Gemeinde, der dazu diente, den Weg freizuräumen, ging am Ende des dritten Tages kaputt, und man konnte ihn nicht wieder in Gang bringen, weil man nicht über die notwendigen Ersatzteile verfügte. Das Dorf blieb mehr als einen Monat von der Außenwelt abgeschnitten. Da sich die Regale der beiden Lebensmittelgeschäfte schnell lichteten, waren die Bewohner froh, ihre Ernten nicht in Sidi Larbi verkauft zu haben. Die Eselsmühlen begannen sich wieder zu drehen, um Gerste und Oliven zu mahlen. Die Alten fanden in ihrem Gedächtnis wieder das Rezept zur Herstellung von Seife. Der einzige Lehrer des Dorfes, der aus Sidi Larbi kam, ließ sein Podest im Stich, und die Schule mußte ihre Türen schließen. Der Imam stimmte zu, die alleingelassenen Pennäler zwei Stunden am Tag zu sich zu nehmen, und war bestürzt, als er feststellte, daß sie nicht einmal die kürzeste Sure der göttlichen Botschaft rezitieren konnten.

– Womit hatten sie denn ihre Zeit zugebracht?

Er unternahm es, diese schwerwiegende Lücke zu füllen. Doch das Alter hatte sein Gedächtnis zerrüttet, und er hätte ihnen die Spuren seiner Erinnerung an die heiligen Texte besser zu einem früheren Zeitpunkt vermittelt. Die Kinder fanden zu ihrer großen Freude die Freiheit wieder und, zur Freude ihrer Eltern, auch den Weg zur Quelle, denn die Motorpumpe, die den Wasserturm speiste, schwieg, nachdem alle Heizölvorräte erschöpft waren. Die Heizkörper in den Häusern kühlten ab, und die Männer gingen zurück in den Wald, um Holzvorräte anzulegen.

Nachdem sein Konkurrent den Laden endlich geschlossen hatte, kaufte der älteste Lebensmittelhändler des Dorfes zwei Mulis und suchte wieder, zweimal im Monat über denselben Pfad wie zur Zeit seiner Kindheit, vor dem Bau des Schienenwegs, Sidi Larbi auf, um die Sattelkörbe seiner Tiere mit unentbehrlichen Produkten zu beladen. Er nutzte dies, um Botschaften von und für die vom Rest des Landes abgeschnittenen Bewohner zu überbringen und entgegenzunehmen.

Bei der Schneeschmelze drei Monate später entdeckte man den schlechten Zustand der Piste, so daß sich der Eigentümer des Busses, der den Ort anfuhr, weigerte, aus Furcht vor den Schlaglöchern und ihrer Wirkung auf das Innere seiner alten Maschine, die Verbindung wieder aufzunehmen. Solchermaßen aufgegeben, wurde sie vom Regen so tief ausgewaschen, daß sie vollkommen unbefahrbar wurde. Wegen der mißlichen Verkehrslage weigerte sich der Lehrer, auf seinen Posten zurückzukehren und bat um seine Versetzung.

Angesichts seiner Hunger schreienden Kinder schloß Mokhtar, der sein Gehalt seit drei Monaten nicht mehr bekommen hatte, das nutzlose Amt und stellte sich auf Feldarbeiten um.

In seiner Abgeschiedenheit starb Belkacem an Kummer. Ohne die Neugier eines besonders kühnen Jungen, der sich in den stillen Bahnhof gewagt hatte, hätte niemand den schon verwesenden Leichnam entdeckt. Der Imam, der den früheren Bahnhofsvorsteher für einen Ungläubigen hielt, weigerte sich, das Totengebet für ihn zu sprechen. Es bedurfte der Drohungen Mokhtars, um ihn dazu zu überreden.

Es stellte also keiner mehr Fragen zu den seltsamen, unvermutet über sie gekommenen Ereignissen. Das Dorf

zog sich in sich selbst zurück, und seine Bewohner ent-
deckten nach und nach die altüberlieferte Lebensweise
wieder. Die Alten versammelten sich zur konstituieren-
den Djemâa*, die den Bürgermeister absetzte und wieder
die Macht im Dorf übernahm. Da man keinen Nutzen
mehr in ihnen sah, unterließ man es, die Register des
Standesamtes auf dem Laufenden zu halten. Dem Schrei-
berling, dem dies oblag, gab man zu verstehen, daß es
besser sei, wenn er seinem Vater beim Ölpressen helfen
würde. Familiennamen kamen außer Gebrauch. Ehever-
träge wurden verbal besiegelt, in Anwesenheit von Zeu-
gen, die im Rufe standen, ein unfehlbares Gedächtnis zu
besitzen, und die, immer öfters zu Rate gezogen, wieder
jene Rolle einnahmen, die die Schrift ihnen weggenom-
men hatte. Man verstieß das Gesetz, um das Brauchtum
zu rehabilitieren, die Djemâa diente als Gericht. Man
wartete wieder gespannt auf die Mondsichel, um die Mo-
natsabrechnung zu erstellen. Der Imam entdeckte plötzlich, daß er von seinen Vorfahren das Vermögen geerbt
hatte, die Djinns auszutreiben, die in den Körpern der
Kranken wohnten. Die letzteren waren froh, sich die
Reise bis Sidi Larbi zu ersparen, und das umso mehr, als
der Imam zu Tarifen praktizierte, die niedriger als die des
Arztes waren.
Die Jahre vergingen. Das Dorf vergaß den Rest der Welt,
gab sich mit episodischen Beziehungen zu ihr zufrieden,
für die der Lebensmittelhändler während seiner regel-
mäßigen Fahrten sorgte.
Sehr viel später stolperte ein Kind beim Fangenspielen
auf einem mit wildem Gras bedeckten Feld und fiel der
Länge nach hin. Es suchte nach dem Hindernis, das es zu
Fall gebracht hatte, und seine tastende Hand entdeckte
eine Stahlstange, die dicht über dem Boden verlief. Neu-
gierig geworden, alarmierte es seine Freunde. Sie folgten

---

* Djemàa(arab.) beratende Versammlung innerhalb eines Dorfes
  oder einer Stammesfraktion. (Anm. des Übers.)

der Schiene und kamen bei der Bahnhofsruine an. Ihre Mütter hatten ihnen verboten, sich zu diesem verfluchten Ort vorzuwagen, dem Überrest aus alten Zeiten. Aber die Neugier siegte. Zitternd vor lauter Freude am Sakrileg rückten sie vor. Sie drehten eine Runde um das kleine Gebäude, und dann trat einer von ihnen mit dem Fuß die wurmzerfressene Tür ein. Vorsichtig drangen sie in den Wartesaal ein. Ihr Einfall versetzte Ratten und Eidechsen in Panik. Dann hoben sie den Kopf, um das Zyklopenauge zu betrachten, das sie von oben an der Wand anstarrte.

Die Wanduhr zeigte stur 14 Uhr 12, als ob sie in einer pathetischen Verkrampfung die Rückkehr des treulosen Zugs verlangte.

Der Bahnhofsvorsteher von Sidi Larbi hatte recht. Der Zug Nr. 1537 verkehrte immer zur selben Zeit. Nachdem er durch Sidi Larbi gefahren war, schlug er auf seiner breitspurigen, zweigleisigen Strecke einen majestätischen Umweg ein, hielt sich fern vom Dorf und drang dann weit in die Berge vor.

Die Seidenraupen

Ich ließ mich reinlegen wie ein Anfänger. Dennoch hielt ich mich für einen besonnenen Menschen. Es stimmt, Malika war wie durch ein Wunder schöner geworden. Gäbe es die Farbe ihrer Augen nicht, hätte ich sie nicht wiedererkannt.

Das erste Mal war ich ihr in Lyon begegnet, zur Zeit unseres kargen Studentenlebens. Wie für arme Schlucker typisch, waren wir an den Sonntagen zusammen durch die städtischen Grünanlagen geirrt, hatten einige schlechte Sandwiches geteilt, und einige verpfuschte Nächte, das Ergebnis unserer Unerfahrenheit und der engen Betten der Studentenheime. Wir konnten es uns nicht erlauben, uns zu verlieben. Ohne Stipendium und ohne reiche Eltern lebten sie und ich unter so schwierigen Verhältnissen, daß wir an nichts anderes dachten, als so schnell wie möglich das Ende des Tunnels Universität zu erreichen. Die verlockensten Aussichten konnten uns nicht von der Wiederholung eines Seminarstoffes ablenken.

Wir waren sehr verschieden. Sie labte sich am Heimweh. Ich hegte pragmatische Pläne. Im tiefsten Winter wärmte sie sich gerne an der Erinnerung an ihre Geburtsstadt Tlemcen, die wie ein Juwel in einem grünen Schmuckkästchen liegt. Aus Liebe zu dieser Stadt begann sie, Architektur zu studieren.

Ich habe nicht die geringste Heimatliebe. Ich bin an einem Ort geboren, der nichts bietet, was auch nur soweit herausragen würde, daß man einen Erinnerungsfetzen daran festmachen könnte. Ich weiß nicht einmal mehr, in welcher Region er liegt. Außerdem hatte ich eine so gewöhnliche Kindheit, daß jede Gedächtnisspur an sie

97

vom Nichts der Zeit verschlungen worden ist. Nach dem Tod meiner Eltern, die an einer einfachen Grippe gestorben waren, verließ ich meinen Douar ohne Abschiedsschmerzen.

Malika sprach davon, nach der Diplomprüfung in ihre sich schamlos über fruchtbare Ebenen erstreckende Heimatstadt zurückzukehren, zu ihren neugierigen Streifzügen als Kind, die sie, die Nase immer gen Himmel gestreckt, von Minarett zu Minarett führten.

Ich hatte nie daran gedacht, in das Land zurückzukehren. Zumal ich wußte, daß ich keine Chance hatte, dort eine Anstellung zu finden, bei der ich meine Sachkenntnisse anwenden könnte. Ich hatte mich daran gewöhnt, im Blick meiner Gesprächspartner diesen Funken der Ungläubigkeit aufblitzen zu sehen, wenn ich ihnen mein Fachgebiet genauer bezeichnete. Die Freimütigsten bekannten, das Wort zum ersten Mal zu hören, die Gebildetsten brachten es mit den Lyoner Seidenarbeitern in Verbindung und dachten, daß der Beruf mit diesen ausgestorben sei.

Ich hatte mir stets etwas auf die Rationalität meines Verhaltens eingebildet. Und doch muß ich zugeben, daß ich mich für ein zauberhaftes Lächeln auf die Ausbildung zum Ingenieur der Seidenzucht gestürzt hatte. Ich entdeckte das kleine Cevennendorf, als ich zu einem Onkel kam, der sich einverstanden erklärt hatte, eine Zeit lang für Unterkunft und Verpflegung jenes verlorenen Jungen aufzukommen, der ich gewesen war. Die Zeit meiner freien Tage wurde wirklich zu einer Belastung; ich verbrachte sie damit, die Trottoirs auf- und abzulaufen und zu tun, als ob ich mich für die Sehenswürdigkeiten der Gegend interessierte. So kam es, daß ich mich eines Tages von den Hinweisschildern eines Seidenmuseums führen ließ. Ich wußte, daß es nichts langweiligeres gibt als Museen. Ich war also darauf eingestellt, einen oberflächlichen Blick über den alten Plunder schweifen zu lassen. Es gab eine Führung. Ich hatte mich an eine kleine Gruppe Pariser Touristen gehängt. Von den langatmigen Erklärungen habe ich nichts im Kopf behalten außer den süßen Lippen, die sie modellierten und die mir, von Zeit zu Zeit, ein Lächeln schenkten, immer wenn die leicht angeekelte Neugier der Anwesenden von der Betrachtung der Raupen in Anspruch genommen war, die sich durch die Betten ihrer Maulbeerblätter fraßen. Und so habe ich mich in die Kaiserin Si Ling Tschi verliebt, die geistesabwesend begonnen hatte, den Kokon abzuwickeln, als sie ihn aus der Teetasse herausfischte, in die er unglücklicherweise gefallen war. Weil sie auf diese Weise einen Faden von bis dato unbekannter Feinheit und Widerstandskraft entdeckt hatte, war ihr der Rang einer Göttin im Reich der Mitte verliehen worden. Und ich ging fort, ging ihren Gottesdienst an einer Fachhochschule in Lyon feiern.

Malika hatte ebenfalls gelächelt, als ich ihr meine zärtlichen Gefühle für den Bombyx Mori offenbart hatte. Am langen Faden unserer Verschiedenheit waren unsere Verbindungen lockerer geworden, und ich hatte die sehnsuchtsvolle Tlemcenerin schließlich aus den Augen verloren. Am Ende meines Studiums wurde ich von einem regionalen Unternehmen eingestellt, das mich nach China schickte, um meine Kenntnisse über das Leben der kostbaren Lepidopteren zu vervollkommnen. Während meines Aufenthalts in Asien lernte ich vor allem, daß die Seidenraupenzucht weniger eine Industrie als eine Kunst war, die unendlich viel Geduld erforderte.

Ausgerechnet am Tag meiner Rückkehr lief mir Malika in Paris wieder über den Weg. Ich erfuhr, daß sie zu den Minaretten und arabischen Ruinen ihrer Heimatstadt zurückgefunden hatte. Es schien ihr gut bekommen zu sein. Ich fand sie wunderschön. Ich wollte sie in meine Arme schließen. Aber ich war nicht auf ihr Zurückweichen gefaßt, und ich umarmte mit meiner Geste nur die Leere.

– Tut mir leid, flüsterte sie mir mit einem Lächeln zu,

mein Flugzeug startet bald. Du kannst mich jederzeit besuchen in Tlemcen, solltest du eines Tages Lust dazu haben.

Ich hatte Lust dazu.

Am übernächsten Tag.

Er war ziemlich elegant, mit der stolzen Kopfhaltung der kleinen Größen. Seine frühzeitig ergrauten Haare verstärkten noch den Eindruck aristokratischer Ehrbarkeit. Malika behauptete, er sei ihr Cousin. Doch die bewundernden Blicke, die sie ihm zuwarf, riefen meine Eifersucht hervor. Ich hätte nicht geglaubt, daß ich jemals eifersüchtig werden könnte. Doch ich gebe zu, daß es mir nicht gelang, ihn unsympathisch zu finden. Er begrüßte mich mit freundschaftlicher Schlichtheit. Wir verließen den Flughafen, um in einem Restaurant am Fuß eines wundervollen kleinen Wasserfalls essenzugehen. Uns gegenüber sitzend, pickten wir mal dies, mal das aus den aktuellen Themen, wie zwei Rivalen, die sich messen. Malika folgte unserem Gefecht mit einer aufgesetzten und lachhaften Albernheit, ihre großen Augen abwechselnd an ihn und an mich geheftet. Gegen Ende des Essens nahm die Unterhaltung eine Wendung ins Persönliche. Er begann, von sich zu sprechen. Angesichts der verantwortungsvollen Stellung, die er bekleidete, schien er zu bedauern, daß er seine Kenntnisse als Textilingenieur nicht praktisch anwenden konnte. Er gestand, den fortwährenden Rausch zu schätzen, den die Macht ihm verschaffte, dachte aber, ihre Ausübung sei lähmend für ihn. Malika hatte mir zuvor erklärt, daß er Generaldirektor eines bedeutenden staatlichen Unternehmens in der Textilbranche war.

– Ich habe mir nicht gemerkt, was Sie in ihrem Leben machen, sagte er zu mir, als Aufforderung, über mich zu sprechen.

– In gewisser Weise bin ich auch in der Textilbranche tätig.

Ich lauerte auf das herablassende Lächeln, während ich ihm mitteilte, daß ich mich dem Erlernen jener geheimnisvollen Kunst gewidmet hatte mit der man verhinderte, daß aus Raupen Schmetterlinge werden. Aber weder zeigte er einen Funken Ungläubigkeit, noch gab er einen erstaunten Kommentar von sich. Er legte nicht einmal die gewöhnliche Neugier des Außenstehenden an den Tag. Seine Fragen erwiesen sich als unerwartet sachkundig. Er geriet regelrecht ins Schwärmen über die Erfindungsgabe der Chinesen, die, vierzig Jahrhunderte ist es her, den Schleimfaden einer Larve zu nutzen wußten, um einen so schönen Stoff daraus zu machen. Ich erzählte ihm, daß das Geheimnis zweitausend Jahre lang ängstlich gehütet worden war, und daß man alle mit dem Tode bestraft hatte, die versuchten, dieses kostbare Wissen im Ausland zu verbreiten, dem das Reich der Mitte seinen Reichtum verdankte, denn der sanfte und geschmeidige Stoff fand, zum Preis von Gold, reißenden Absatz bei den Persern und Römern.

– Diese Quelle immensen Reichtums hat sich sogar auf die chinesische Sprache ausgewirkt. Sie verfügt über mehr als hundert Zeichen, die ausgehend vom Namen der Seide gebildet worden sind.

– Und wie hat sich die Seidenzucht in der restlichen Welt ausgebreitet? fragte er mich.

– Über den Umweg einer Liebesgeschichte natürlich, antwortete ich und starrte Malika lange an.

– Sieh mal einer an.

– Eine chinesische Prinzessin war total verknallt in einen König aus Khotan, der gerade um ihre Hand angehalten hatte. Besorgt um die Zukunft ihrer Wahlheimat, schmuggelte die Braut in ihrem Gepäck einige Eier der geheimnisvollen Larve. Danach schafften es zwei griechische oder persische Mönche, so genau weiß man das nicht, einige Eier im Hohlraum ihres Bambusstocks versteckt aus diesem Land hinaus- und Justinian mitzubringen.

Mein Gegenüber tat so, als fände er Vergnügen, meine Ausführungen über die Kunst zu hören, mit der diese gefräßigen Raupen aufgezogen werden, die in einem Monat das fünfzigtausendfache des Schlüpfgewichts an Maulbeerblättern fressen.

Tatsächlich glaube ich, mich mit Hilfe des Weins in aller Ausführlichkeit über das Thema ausgelassen und sie damit gelangweilt zu haben, während ich ungeduldig auf das Ende des Essens wartend mich doch an den Tisch gesetzt hatte, in der Hoffnung, anschließend mit Malika allein zu sein.

– Glauben Sie an die Unausweichlichkeit des Schicksals? fragte mich der Mann, dessen deutliche Veranlagung zu philosophischen Debatten ich schon bemerkt hatte.

– Warum stellen Sie mir diese Frage?

– Weil es Augenblicke gibt, in denen ich mich frage, ob es nicht einen gesellschaftlichen Zustand gibt, der einer Art verhängnisvoller Unausweichlichkeit verwandt ist.

– Das verstehe ich nicht.

– Ich auch nicht. Ich meine, ich spreche von einer Situation, in der nichts mehr geht, wo alles zum Scheitern verurteilt ist, wie unter Einwirkung eines dunklen Verhängnisses.

– Ich muß Ihnen gestehen, daß meine Kenntnisse von den Seidenraupen mich kaum darauf vorbereitet haben, dieses Thema zu behandeln.

– Und dennoch gibt es eine Beziehung, denn ich würde gerne wissen, warum die Raupen aus unserer Zucht noch nie auch nur den kleinsten Kokon gesponnen haben.

Ich fiel aus allen Wolken, und so erläuterte er mir, daß sein Unternehmen einen riesigen Industriekomplex für die Seidenproduktion errichtet hatte.

– Das wußte ich nicht.

– Eine wundervolle Anlage. Die uns verdammt viel gekostet hat. Die aber nicht funktionniert.

– Wieso nicht?

– Ganz einfach, weil die Larven bei jeder neuen Aufzucht aus einem geheimnisvollen Grund eine nach der anderen eingehen.

Ich hätte mich beinahe ereifert und begann, die schmeichelhafte Meinung, die ich mir von meinem Gesprächspartner gemacht hatte, zu ändern. Ich stürzte mich in einen langen Redeschwall, um mein Erstaunen zu äußern, daß er Behauptungen aufstellen konnte, die mir eher dem Aberglauben als einer objektiven Analyse zu entspringen schienen. Ich versicherte ihm, daß die modernen Methoden der Seidenzucht ein quasi wissenschaftliches Stadium erreicht hätten, und daß die genaue Beachtung der Regeln mit Sicherheit zu Raupen führte, die zum gegebenen Zeitpunkt seelenruhig ihren Kokon spinnen würden.

Er nickte mit geheuchelter Überzeugung den Kopf und schlug mir ganz nebenbei einen Besuch in der Fabrik vor.
– Wo befindet sie sich?
– Hier, in Tlemcen.

Während Malika noch bezaubernder lächelte als zuvor, hatte ich das deutliche Gefühl, eine Falle hätte sich soeben über mir geschlossen.

So habe ich mich in der Stadt der hundert Moscheen niedergelassen. Der Sommer ist vorbei, und ein paar heftige Böen haben die Platanen entkleidet. Nachdem ich mich eingerichtet hatte, kehrte der Generaldirektor wieder auf seinen Chefsessel in der Hauptstadt zurück. Seither gibt er kein Lebenszeichen mehr von sich. Malika ist in den Süden abgeflogen, wo sie eine Studie über die Architektur des Mzabs erstellen soll. Sie denkt nicht daran, mir zu schreiben.

In der Fabrik setzt niemand auf meine Anwesenheit. Man behandelt mich mit jener zurückhaltenden Aufmerksamkeit, die einem von hoher Stelle empfohlenen Sonderling gegenüber üblich ist. Niemand scheint daran interessiert zu sein, die Aufzucht des kapriziösen Bombyx wieder aufzunehmen. Der Direktor des Werks hat mir freundschaftlich geraten, mich erst einmal um meine materielle Ausstattung zu kümmern, später sei noch genug Zeit, das Übrige in Angriff zu nehmen.

Man hat mir eine Villa mit Laubengang zugewiesen, Hagebuchen mit herabrieselnden Blüten. Wegen des häufigen Wasserabstellens habe ich den Hauptverwaltungsleiter gefragt, ob er mir einen Ersatztank hinstellen könnte. Nach langem Warten und zahllosen Erinnerungen erlebte ich endlich die Ankunft des Klempners, flankiert von zwei Gehilfen. Sie verbrachten eine gute Woche bei mir, waren emsiger und wichtigtuerischer bei der Arbeit, als die Verantwortlichen einer Raumfahrtbasis am Vorabend eines Raketenstarts. Doch als die Hähne geöffnet wurden, kam kein Wasser, um den Tankbehälter zu füllen. Der Fachmann rackerte sich erneut eine Woche lang ab, um alle Rohrleitungen zu überprüfen, welche die rare Flüssigkeit nicht benutzen wollte. Es endete damit, daß er die Hände zum Himmel hob.

– Es gibt hier, sagt er, unergründliche Geheimnisse. Alle Arbeiten wurden korrekt ausgeführt, und trotzdem läuft es nicht.

Ich hätte ihn beinahe angebrüllt, aber er hatte seinen guten Willen so offenkundig unter Beweis gestellt, daß ich ihn von jeder Schuld freisprach, bevor ich ihn hinausgeworfen habe. Das Wasser, das ich benötige, trage ich weiter in Plastikkanistern.

Es hat einige Mißverständnisse mit dem Chauffeur gegeben, der die Aufgabe hatte, mich jeden Morgen und Abend zu begleiten. Vom ersten Abend an habe ich ihm in freundlichem Tonfall erklärt, ich wünschte, er möge sich jeden Morgen punkt sieben Uhr vor meiner Tür einfinden. Er hat mir gegenüber in nicht weniger freundlichem Tonfall geltend gemacht, es sei nicht nötig, daß ich mich so früh der Bettwärme entziehe, denn wir benötigten für die Fahrt nicht mehr als zehn Minuten, die Fabrik öffne ihre Tore erst um acht Uhr, und außer den Arbeitern, die durch die Stechuhr zu strenger Pünktlichkeit gezwungen seien, streckten alle übrigen Angestellten ihre verquollenen Gesichter nicht unter einer halben Stunde Verspätung zur Tür herein, wobei die der Hierarchie nach höchsten als letzte ankämen. Ich versuchte, ihm verständlich zu machen, daß ich gerne über ein paar Viertelstündchen Ruhe verfügte, um meine Tagesarbeit zu organisieren.

– Sie werden sehen, es wird Ihnen nicht an Ruhe fehlen, hat er mir erwidert.

Nach kurzer Überlegung hat er selbstherrlich entschieden, daß er zehn Minuten vor acht hupen würde. Tatsächlich ließ er seinen Schnurrbart häufig erst viel später sehen. Zu seiner Entschuldigung hat er mir stets den nächstbesten Vorwand ins Gesicht geschleudert. Und auf meine Vorhaltungen hin hat er mir schließlich einen seltsamen Rat erteilt.

– Ich schlage vor, nehmen Sie sich möglichst schnell eine Frau, hat er mir mit einem Lächeln zugewispert.

Verblüfft habe ich ihn längere Zeit angestarrt.

– Was wollen Sie damit sagen?

– Dann werden Sie es weniger eilig haben, Ihr Bett zu verlassen.

– Ihrem Benehmen nach zu urteilen, müssen Sie in dieser Hinsicht gut versorgt sein.

Daraufhin hat mir der ausschließlich zu meinen Diensten stehende Mann erklärt, daß seine zahlreichen Beschäftigungen ihm weder Pünktlichkeit noch Gewissenhaftigkeit erlaubten.

– Welche Beschäftigungen?

Meine rücksichtslose Frage brachte den Chauffeur nicht aus der Fassung.

– Während des Befreiungskriegs bin ich dreimal in den Maquis gegangen. Verhaftet und ins Gefängnis gesteckt, floh ich, um wieder zu meinen Kampfgefährten zu stoßen. Als ich während eines Gefechts verletzt wurde, bin ich ins Krankenhaus gekommen. Auch auf der Sanitätsstation habe ich die Flucht ergriffen, denn ich wußte, daß nach meiner Genesung die Zelle auf mich wartete. So habe ich natürlich drei Zeugnisse als ehemaliger Widerstandskämpfer erhalten. Zur Belohnung für meine geleisteten Dienste hat man mir drei Häuser und drei Läden zukommen lassen. Und selbstverständlich habe ich drei Frauen geheiratet. Aber die Verwaltung weigert sich beharrlich, mir das Recht zu geben, drei Angestellte zu beschäftigen. Das ist ungerecht.

Er fügte hinzu, er sei Mitglied des Verbandes der ehemaligen Widerstandskämpfer, der Parteizelle für Kleinunternehmer, der Gewerkschaftssektion und außerdem praktizierender Muslim, der gehalten ist, sich für seine täglichen Gebete fünfmal am Tage zur Moschee zu begeben.

– Doch im Augenblick beschäftigt mich die Lage meines ältesten Sohns.

Er verstand nicht, wie dieser trotz der drei Zeugnisse seines Vaters beim Abitur durchfallen konnte. Er versuchte deshalb, ein Gymnasium zu finden, daß ihn das Abitur wiederholen ließe, obwohl er die Altersgrenze schon weit überschritten hatte.

Da ich nicht die geringste Lust mehr verspürte, meine Zeit zu vergeuden, indem ich ihm hinterherlief, teilte ich dem Leiter des Fuhrparks mit, daß ich mich von nun an mit dem Bus zufriedengeben würde, der das übrige Personal beförderte, und daß ich infolgedessen seinen Mann und seinen Wagen nicht mehr benötigte.

– Das war zu erwarten, hat er nur gemeint. Man kann nichts mit ihm anfangen, aber man kann auch nichts gegen ihn unternehmen.

Jedermann weiß, daß die Kleinbauern ihr Einkommen gerne durch ein wenig Viehzucht aufbessern. Hektare verwilderter Maulbeerbäume dienen ihnen als Weidefläche. Ich habe mehrere Tage gebraucht, um den für die Pflanzung verantwortlichen Mann ausfindig zu machen, den man unter seinen Bäumen vergessen hatte. In einer unauffälligen Ecke hatte er sich einen persönlichen

Gemüsegarten angelegt. Da er seine besten Produkte der Frau des Direktors anbot, konnte er einer königlichen Ungestörtheit sicher sein. Lange Zeit stellte er sich taub gegenüber meinen Anordnungen.

– Warum wollen Sie diese Kühe davonjagen? Sie tun niemandem etwas zu Leide. Sie begnügen sich damit, das Gras abzuweiden.

– Dies ist eine Pflanzung von Maulbeerbäumen und keine Wiese.

Später erfuhr ich, daß seine laxe Haltung durch die Mietzahlungen ermutigt war, die ihm die Besitzer der Tiere antrugen. Da er sich sträubte, habe ich ihm mit einer Meldung an die Generaldirektion gedroht. Schließlich ist er meinem Befehl widerwillig nachgekommen. Und noch viel widerstrebender ging er an die Reparatur der Umzäunung.

– Jedenfalls, versicherte er mir, werden Ihnen diese verkrüppelten und kranken Bäume immer nur kümmerliche und aussätzige Blätter liefern.

Ich habe eine Meldung von hundertfünfzig Seiten verfaßt, die zwölf Sitzungen in der Fabrik zur Folge hatten, sechs weitere in Algier. Ich habe achtzehn Gänge zur Bank unternommen, fünfzehn zu verschiedenen Dienststellen, habe die Zollpapiere mit den dreiundzwanzig notwendigen Unterschriften geschmückt, bis ich endlich meine Pflanzen von der Sorte Kokuso 21 erhalten habe. Diese Maulbeerensorte weist klare Vorteile gegenüber derjenigen auf, die bei der Fabrik angepflanzt wurde: vier Triebe statt einem pro Jahr, eine nahrhaftere Blattqualität, aber vor allem der Umstand, daß sie niederstämmig wächst; dieser erlaubt es, sie auszuzupfen, ohne auf eine Leiter zu klettern.

Omar, der Chef der Pflanzung, der sich wieder an die Arbeit machen mußte, hat nicht aufgehört zu lachen. Mit einem ernüchterten Auge überwachte er die Arbeiter, die die jungen Pflanzen gossen, und brummte düstere Vorhersagen.

– Jedenfalls werden Sie keinen Arbeiter finden, der Ihnen die Sträucher auszupft. Das ist eine viel zu schwere Arbeit. Für denselben Lohn gehen die Leute lieber kleine Etiketten auf Stoffreste kleben. Sie werden nicht zurückkommen.

Meine pedantische Wachsamkeit hat sein bissiges Widerstreben nur gesteigert.

– Freuen Sie sich nicht zu früh, Sie sind noch nicht am Ende Ihrer Mühen.

Im letzten Punkt sollte er recht behalten. Blieb noch, die nötigen Eier zu beschaffen.

Der Chef der Einkaufsabteilung hat sich äußerst liebenswürdig gezeigt, als er mich in seinem Büro empfing.

– Ich habe einen Bruder, der auch in Lyon studiert hat, teilte er mir mit, aber Betriebswirtschaft. Vielleicht haben Sie ihn gekannt? Ich weiß, die Stadt ist riesig, aber Emigranten finden sich doch gern zusammen.

Ich antwortete ihm, daß ich leider nicht das Vergnügen hatte.

– Sind Sie zufrieden mit dem Haus, das man Ihnen zugewiesen hat? Es hat doch Charme, finden Sie nicht? Ich habe vier Jahre dort gewohnt. Aber letzten Endes habe ich es vorgezogen, in das große väterliche Haus zurückzukehren, das mehr bevölkert ist als ein Supermarkt am Tag der Butterlieferung. Doch was ich an Ruhe verliere, gewinne ich dadurch zurück, daß ich mich von der unendlichen Last der häuslichen Besorgungen befreien kann.

Beinahe hätte ich ihn gefragt, ob er sich nicht auch der Besorgungen für die Fabrik entledigt habe.

– Und zudem kann ich mit meinen Freunden außerhalb des Hauses bis spät nachts aufbleiben, ohne mir die Nörgeleien einer Ehefrau anhören zu müssen, die sich allein vor dem Fernseher langweilt. Ehrlich gesagt, glaube ich, daß eine Gesellschaft wie die unsere das Leben zu zweit nicht begünstigt.

108

Ich habe nicht versucht, ihm zu widersprechen.
– Darf ich Ihnen einen Kaffee anbieten?
Ich habe nicht nein gesagt.
– Man hat mir mitgeteilt, daß Sie die Seidenraupenzucht
wieder ankurbeln wollen. Ich zweifle nicht an Ihren
Kompetenzen, aber ich wünsche Ihnen eine große Hart-
näckigkeit. Alle Ihre Vorgänger sind gescheitert. Jeden-
falls können Sie mit meiner Mitarbeit rechnen.
Ich dankte ihm.
– Was verschafft mir die Ehre Ihres Besuchs?
Ich antwortete ihm, daß es gerade der Grund meines
Kommens sei, daß ich seine Dienste gerne in Anspruch
nehmen würde.
– In welcher Angelegenheit? fragte er mich, plötzlich be-
unruhigt.
Ich gab ihm zu verstehen, daß ich bereits Briefe an ihn
geschickt hatte, und zwar insgesamt drei.
– Ah ja! Ich habe Ihre Mitteilungen erhalten. Ich habe
nicht darauf geantwortet, denn ich dachte, Sie hätten sie
verfaßt, um sich innerhalb der Verwaltung abzusichern.
Was ich vollkommen verstehen kann.
– Um Raupen zu züchten, benötige ich Eier.
– In diesem Fall können Sie morgen mit einer Antwort
rechnen. Sie wird natürlich abschlägig ausfallen. So
bleibt ihre Verantwortlichkeit ganz und gar ungetrübt.
– Aber ich will die Eier haben!
– Das ist dieses Jahr völlig unmöglich. In diesem Bereich
des Budgets haben wir keine Ausgaben vorgesehen.
Aber ich verspreche Ihnen, daß ich Ihre Anfrage im
nächsten Haushaltsjahr berücksichtigen werde.
Eine neue Reise nach Algier war notwendig. Zum Flughafen brachte mich mein alter Fahrer. Die ganze Fahrt
über hat er unaufhörlich mit finsterem Blick nach mir
geschielt. Gerade als ich aussteigen wollte, erklärte er
mir:
– Omar ist mein Vetter. Weder er noch ich mögen Sie. Erwarten Sie mich lieber nicht bei der Rückkehr, ich werde

nicht kommen, um Sie abzuholen. Im übrigen rate ich Ihnen, keinen Fuß mehr in die Fabrik zu setzen.

In Algier empfing mich der große Boß mit offenen Armen. Ich bin sicher, sein Gewissen muß schon von einem Schuldgefühl gekitzelt worden sein. Er lud mich zum Essen ein.

– Haben Sie Neuigkeiten von Malika.

– Anscheinend hat der Wüstensand sie verschlungen.

Wir haben viel diskutiert. Wir sind erst um vier Uhr nachmittags in sein Büro zurückgegangen. Seine aufgeregte Sekretärin stürzte ihm schon entgegen.

– Was machen wir nur mit all den Leuten, die auf Sie warten?

Er hat mit den Schultern gezuckt.

Und in seine tiefen Sessel versunken, haben wir unsere philosophische Debatte wieder aufgenommen. Zu meinem Problem mit den Eiern kamen wir nicht vor Einbruch der Dunkelheit.

– Tatsache ist, daß es sich hier um ein kniffliges Problem handelt. Da sie in unserer Importgenehmigung nicht vorgesehen sind, ist es unmöglich, sie dieses Jahr kommen zu lassen. Unglücklicherweise werden wir von bürokratischen Gesetzen beherrscht, die mehr Wert darauf legen, daß ein Vorgang gemäß den Vorschriften und nicht gemäß seiner Dringlichkeit erledigt wird.

– Gibt es keine Möglichkeit, ein wenig zu tricksen?

– Ich wüßte nicht wie?

Zwei Monate später habe ich meine Lepidopteren-Eier in ihren Kartons schließlich erhalten, zwischen Materialproben versteckt.

Ali, der junge Mann, der in dem Raum arbeitete, wo die Eier ausgebrütet wurden, hatte wieder seine alte Stelle im Lebensmittelladen eingenommen. Ich habe ihn hinter dem Tresen der Fabrikgenossenschaft angetroffen.

– Ja, sagte er mir, ich beschäftige mich jetzt mit Hühnereiern. Die sind genauso zerbrechlich, aber weit weniger empfindlich. Und unsere Seidenweber schlürfen sie in phantastischen Mengen. Möchten Sie einen Karton?

Er war glücklich, wieder bei seiner ursprünglichen Tätigkeit zu sein. Seine Vertraulichkeit hat mich am Anfang sehr geärgert.

– Ich muß verrückt gewesen sein, als ich mich bereit erklärte, für dich zu arbeiten, vertraute er mir an. Diese Brutkästen sind auch nicht besser dazu geeignet, die Eier, mit denen ich handelte, schlüpfen zu lassen. Zumal meine Frau unzufrieden ist. Bis zu jenem Zeitpunkt mußte sie sich nicht mit den Einkäufen für den Haushalt beschäftigen. Nun hat sie zum Einkaufskorb greifen und sich in die Warteschlangen vor den Geschäften einreihen müssen.

– Du bist schon verheiratet? Du siehst aber noch sehr jung aus.

– In diesen Provinzstädten stirbt man doch vor Langeweile. Deshalb habe ich mich entschieden, meine Zeit damit zu verbringen, die Eier meiner werten Frau zu befruchten. Ich zähle schon zwei Bälger, die zwischen meinen Beinen herumwuseln, sobald ich die Tür öffne. Du wirst noch Muße genug haben, um festzustellen, daß hier die Tyrannei der Langeweile herrscht. Aber, sag mal …

– Ja?

– Glaubst du, daß dir gelingen wird, woran die anderen gescheitert sind?

– Hör zu, Kleiner, ich glaube gern, daß die Fabriken in diesem Land nicht funktionieren, weil man ihre Technologie nicht beherrscht. Aber das ist bei der Seidenzucht nicht der Fall. Es liegt schon mehrere Jahrhunderte zurück, als die Araber diese Kunst erlernt haben, nämlich nach der Eroberung Persiens, und sie haben sie perfekt beherrscht. Damaskus war eine große Seidenmetropole, und viele andere moslemische Städte verdankten ihre Blütezeit der Zähmung dieser gefräßigen Raupe. Selbst hier in Tlemcen haben die von der spanischen Rückeroberung Besiegten ihr Wissen über die Aufzucht der Lepidopteren verbreitet. Sollten wir heute also unfähig geworden sein, das nachzuahmen, was unsere Vorfahren auf vollkommene Weise konnten?

Während wir uns befleißigten, die Brutkästen wieder in Stand zu setzen, überraschte mich der Leiter der Spinnerei mit seinem Besuch. Er gab sich sehr förmlich.

– Ich darf Sie noch herzlich willkommen heißen unter uns. Mit etwas Verspätung, leider, aber zum Zeitpunkt Ihrer Ankunft befand ich mich in Japan und verhandelte über den Ankauf einiger Maschinen.

In der Fabrik erwähnte man häufig den großen Einfluß dieses Sohns der alten Spinnereibourgeoisie von Tlemcen, der so klug war, eine Stellung im zweiten Glied anzunehmen, wissend, daß die Zeit für ihn spielte und daß ihn die wiederholten Schnitzer des augenblicklichen Direktors schließlich an die Spitze des wichtigsten Industriekomplexes der Region bringen würde. Er gebärdete sich als wohlwollender Fürsprecher gegenüber den Arbeitern, die ihn achteten und bewunderten. Durch seinen Takt, sein diplomatisches Geschick hatte er es geschafft, die anderen Abteilungsleiter der Fabrik auf seine Seite zu bringen, die so systematisch seine Positionen vertraten, daß sie nicht mehr seine Untergebenen zu sein schienen. Er hatte die Gewerkschaftssektion mit Leuten seines Vertrauens gespickt. Und für die lokalen Behörden blieb er der bevorzugte Gesprächspartner im Unternehmen.

Er lud mich zum Abendessen bei sich ein. Ich begriff, daß er den Neuankömmling zu seinen Gunsten beeinflussen wollte.

Sein altes Haus quoll über an Teppichen und Kupfergeschirr.

– Das ist so Tradition bei uns in der Stadt, hat er mir versichert. Die ärmsten Haushalte sind noch reichlich damit ausgestattet.

Im Tonfall der Belanglosigkeit suchte er den Eindruck von Luxus und Überfluß herunterzuspielen, den man gewann.

112

Er hat mir ein prachtvolles Essen geboten. Ich war es nicht gewohnt, eine so große Zahl von Gängen zu verschlingen, einer fetter, pikanter oder süßer als der andere. Die Hausherrin kam zu einer flüchtigen Begrüßung und entzog sich gleich wieder meinen Augen. Ich habe sie erst wieder gesehen, als ich mich verabschiedete. Wir haben den Abend also zu zweit verbracht.

Wir haben lange über die Fabrik geredet und über die Abteilung, die er führte. Ich hatte die bissigen Kommentare eines Menschen erwartet, der verbittert ist, weil man ihn um den Posten gebracht hat, der ihm seiner Einschätzung nach zustehen würde. Doch ich war überrascht, wie objektiv und differenziert seine Ansichten waren.

– Tatsächlich genügen die zahlreichen Schwierigkeiten, gestand er mir, mit denen ich in meiner Abteilung zu tun habe, um das Feld meiner Ambitionen zu begrenzen.

Ich schätzte den geschickten Kunstgriff.

– Es gibt so viele alltäglichen Probleme zu überwinden, daß es uns nur um den Preis ständiger Akrobatenstücke gelingt, ein wenig Stoff herzustellen. Wir sind seiltänzerische Geschäftsführer geworden, Feuerwehr-Geschäftsführer. Und dies allein mit der Herstellung von Kunststoff-Seide, die hundertmal leichter zu spinnen ist, als diejenige, die Ihre Raupen von sich geben. Ich sage Ihnen offen und ehrlich, daß Ihre Initiative in mir nur zahlreiche Befürchtungen weckt.

Ich habe daraus geschlossen, daß er sich den Kopf zerbrechen würde, um den Versuch zum Scheitern zu bringen. Wenngleich ich ihm für seine Offenheit sehr dankbar war, verließ ich ihn mit dem Gefühl, daß ich seiner Gegnerschaft nur schwer standhalten könnte. In Wirklichkeit täuschte ich mich. Sich ganz in stolzer Zurückhaltung übend, bezeugte er mir seine Hochachtung und folgte meinen Schritten mit Interesse.

Ali und ich schlichen ununterbrochen um die Brutkästen herum, zählten ständig die Tage, die uns von dem ungeduldig erwarteten Schlüpfen trennten. Am Morgen einer stürmischen Nacht empfing mich mein Gehilfe mit einem völlig niedergeschmetterten Gesichtsausdruck.

– Was ist passiert?

– Stromausfall.

Ich bin zum Thermometer gestürzt. Von der Türschwelle aus rief mir mein Kollege nach:

– Sechzehn Grad!

Ich bin hinausgegangen, um mich auf einen Backstein zu setzen, mit dem Rücken gegen die Mauer, das Gesicht in die Sonne gestreckt, die nach dem nächtlichen Toben wieder warm geworden war. Ali kam zu mir und kaute auf einem Grashalm herum.

– Was hat diese Panne ausgelöst? fragte ich ihn schließlich.

– Das kommt bei jedem heftigen Unwetter vor. Der Umspanner sorgt für die Unterbrechung. Das ist so, seit die Fabrik zu arbeiten begonnen hat.

– Findest du das nicht komisch? Warum hat dieser Stromausfall den Rest der Fabrik verschont?

– Nein, es ist auch in der Färberei und in der Kantinenküche passiert.

– Und seither hat man das nicht reparieren können?

– Es ist ein Rätsel, das die Kompetenz unseres Chefelektrikers überfordert. Er behauptet, daß der Strom zuweilen ein unverständliches Verhalten an den Tag legt.

– Und? Was macht man in diesem Fall?

– Der Chefkoch brüllt wie am Spieß, die redlichen Arbeiter übergehen das Mittagessen, die Angestellten der Färberei gehen ihre Wocheneinkäufe machen.

– Und dann?

– Das kann einen Vormittag dauern, oder eine ganze Woche. Und plötzlich, ab einem bestimmten Moment, springt der heruntergedrückte Sicherungsschalter wie durch ein Wunder nicht mehr zurück.

– Ist doch nicht möglich!

– Und ob!

114

– Man hätte einen kompetenteren Spezialisten herbeiru-
fen können, oder den Erbauer der Fabrik.

– Das hielt man nicht für nötig, da der Strom ja von allein
wieder floß.

– Wenn wir darauf warten, sind meine Eier bald tot. So
schlüpfen sie niemals.

– Was sollen wir also tun?

– Zum Glück habe ich einige Kartons noch zur Reserve
behalten. Wir werden von Neuem beginnen.

– Und wenn es wieder einen Stromausfall gibt?

– Weißt du, wie man es in früheren Zeiten anstellte, wollte man eine künstliche Befruchtung erreichen? Man
steckte die Eier in kleine Beutel, die von den Frauen auf
ihrer Brust getragen wurden. Diese Methode erscheint
mir sicherer zu sein, als jene, die wir hier anwenden.

– Das muß ganz schön erregend gewesen sein, als die
Larven zu wimmeln anfingen.

Von diesem Tag an interessierte ich mich vor allem für die
Kapriolen des Wetters, überwachte mit unruhigem Auge
die Launen des Himmels. Doch es hat keinen Sturm
mehr gegeben. Nach dem Schlüpfen holte Ali, stolzer als
bei der Geburt seines letzten Kindes, seine ganzen
Freunde zusammen, die kamen, um die schlaffen kleinen
Raupen zu bewundern. Sogar der Direktor hat sich in
Bewegung gesetzt. Er hat die wieder bevölkerten Gitter
in den Spinnrahmen ausführlich betrachtet. Dann ist er
ohne ein Wort zu verlieren gegangen, die Ohren voll von
dem ständigen Rascheln der Mandibeln, die sich durch
die Maulbeerblätter fraßen. Unterwegs begegnete ich
Omar, der mir gehässig zurief:

– Schreien Sie noch nicht Hurra. Die Larven werden krepieren, wie die anderen auch.

Einige Tage später holte Ali mich aus einer Sitzung, die
nicht enden wollte.

– Deine Larven krepieren gerade, kündigte er mir vor der
versammelten Zuhörerschaft an. Sie verharren reglos
und weigern sich zu fressen.

Wir rannten überstürzt ins Seidenhaus. Dort stieß ich einen großen Seufzer der Erleichterung aus.

– Nicht doch, Kleiner. Sie sind frisch und munter. Sie sind nur dabei, ihr altes Kleid abzulegen. Sie werden vierundzwanzig Stunden ruhig bleiben, um eine neue Haut zu bilden.

Ein Ereignis, das mit dem erneuten Auftauchen Malikas zusammenfiel, die für eine Woche nach Tlemcen zurückgekommen war. Auch sie wollte unbedingt wissen, wie meine kleinen Tierchen aussahen.

– Wie ich es mir schon dachte, sagte sie zu mir, während sie sich brüsk wieder aufrichtete. Sie sind wirklich ekelhaft. Wie kannst du nur einen solchen Beruf ausüben?

Während ihres Aufenthalts mußte ich meine erste Brut ein wenig vernachlässigen. Ich delegierte die Überwachung ihrer Ernährung an Ali.

– Das beruhigt mich, bemerkte er mit seiner üblichen Ironie. Ich dachte schon, dein Herz könne nur für diese weichen Larven schlagen.

Vom Flughafen zurück, wohin ich Malika begleitet hatte, kündigte mir mein Helfer triumphierend den Beginn der dritten Häutung an. Ich runzelte die Stirn.

– Das ist ein bißchen früh, gab ich ihm zu verstehen.

– Vielleicht haben die Raupen unsere Ungeduld berücksichtigt.

Ich bin schleunigst die still gewordenen Spinnrahmen überprüfen gegangen.

– Nein, antwortete ich ihm. Die Raupen häuten sich nicht, sie liegen im Sterben.

– Warum?

– Ich glaube sie leiden an der Seidenraupenkrankheit.

– Woher kommt die?

– Man muß ihnen noch vom Regen oder vom Morgentau feuchte Blätter zu fressen gegeben haben, entgegen meiner Anweisungen.

– Ich konnte sie nicht ununterbrochen überwachen, warf jämmerlich Ali ein. Werden sie krepieren?

116

– Ja, und ab morgen wird es in dieser Ecke furchtbar stinken.

In Algier ließ mich der kleine Mann mit den silbergrauen Haaren fast zwei Stunden warten, bevor er mich in seinem Büro empfing. Das Vorspiel der Höflichkeiten fiel kurz aus. Er fing keine philosophische Debatte an. Er fragte mich nicht einmal nach Neuigkeiten von Malika. Ich hatte ihm die Nachricht schon per Telefon angekündigt, und die Enttäuschung stand ihm im Gesicht geschrieben.
– Ich glaube, ich hatte recht, bemerkte er, der Sache überdrüßig.
Trotzdem hat er meinen Vorschlägen bereitwillig zugehört.
– Wir haben bereits zu einer List gegriffen, um die ersten Kartons mit Eiern zu importieren, gab er mir zu verstehen. Was du mir jetzt vorschlägst ist reiner Betrug. Ich hab Buchhalter und Rechnungsprüfer.
Er brachte zahlreiche Einwände vor, doch schließlich konnte ich ihn überzeugen.
Die Aufwendungen für vier fiktive Dienstaufträge erlaubten es mir, aus Lyon einige neue Kartons Eier in meinem Koffer mitzubringen.
Ich hatte Ali beauftragt, während meiner Abwesenheit das Seidenhaus sorgfältigst zu desinfizieren. Ich fand die Halle verlassen wieder und Ali mit den Ellenbogen auf dem Tresen der Einkaufsgenossenschaft. Er hob die Hände zum Himmel.
– Ich wurde von oben wieder versetzt.
Der Personalchef hielt Ali nicht für qualifiziert genug, um den Posten zu bekleiden. Tatsächlich wollte er vor allem seinen Neffen auf den Posten setzen, einen Seidentechniker, der in Japan ausgebildet worden war, der aber zum besseren Gehalt eines Ölunternehmens in der Sahara Zuflucht nahm, als die Zuchtversuche aufgegeben wurden. Er hatte die Einsamkeit der Wüste nicht ertra-

gen können und war in die Fabrik zurückgekehrt. Um sich mir vorzustellen, erklärte er:

– Ich habe diese Ausbildung nur wegen des Vorteils angenommen, einmal ins Land der aufgehenden Sonne zu reisen. Die Aufzucht der kälteempfindlichen Raupen hat mich nie begeistert, ich habe also wenig darüber gelernt. Und heute habe ich sowieso alles vergessen. Sobald man mir einen anderen Lehrgang anbietet, ganz gleich auf welchem Gebiet oder in welchem Land, sind Sie mich wieder los.

Ich habe ihn damit beauftragt, einen Platz zu finden, wo die Spülgitter untergestellt werden sollten. Er begann zu lachen.

– Sie, hat er zu mir gesagt, Sie sind der Archetyp eines Optimisten. Glauben Sie wirklich, daß Sie die Eier zum Schlüpfen bringen und daß es Ihnen gelingen wird, die Larven bis zu dem Augenblick zu erhalten, da Sie sich am Ende eines Stifts niederlassen und sich ins Innere ihrer Seidenkugel flüchten werden? Ich spreche aus Erfahrung: kein Würmchen wird seinen Kokon spinnen.

– Machen Sie einfach, was ich Ihnen aufgetragen habe.

– Bestimmt hat man diese Spülgitter längst hinausgeworfen. Niemand hat je gewußt, wozu sie eigentlich dienten.

Er verbrachte zwei Monate mit gleichgültiger und ergebnisloser Suche. Ich begann äußerst unruhig zu werden: Nach ihrer letzten Häutung liefen die Larven weiß an.

– Ich gebe dir noch vierundzwanzig Stunden. Komm mir nicht ohne die Spülgitter zurück.

Schließlich hat er sie in der Waschküche gefunden, wo die Waschfrau sie aufgestellt hatte, um ihre Wäsche darüberzuhängen.

– Du wirst sie sorgfältig desinfizieren und dann mit stark gechlortem Wasser nachspülen.

– In Ordnung, hat er gesagt. Aber das wird die letzte Arbeit sein, die ich für Sie verrichte. Ich verlasse Sie. Ich gehe nach Kanada, um eine Ausbildung zum Hochseefischer zu machen.

Als er ging, wünschte er mir große, schöne weiße Kokons.

Ich legte die Spülgitter auf die Rahmen. Bevor ich ins Wochenende ging, durfte ich mich über die ersten Würmchen freuen, die die Stifte entlangkletterten. Da ich ständig auf der Hut geblieben war, seit die Eier schlüpften, fühlte ich mich erschöpft. Ich gab den beiden Männern, die für die Überwachung der Anlage sorgten, ausführliche und genaueste Anweisungen. Leichten Herzens verließ ich die Fabrik mit der Gewißheit, die entscheidende Phase überwunden zu haben.

Der erste Tag in der Woche darauf sollte zwei Katastrophen für mich bereithalten. Im Seidenhaus sah ich die Würmer in Kalksucht erstarrt, mit weißem Schimmel bedeckt, jämmerlich an ihren Stiften hängen. Ich habe sofort begriffen, daß mein sehr kurzzeitiger Assistent die letzte Aufgabe, die ich ihm anvertraut hatte, nicht einmal mehr korrekt ausgeführt hat. Omar kam, um seinen Triumph auszukosten.

– Ich habe es gleich gewußt, rief er mir zu, bevor er sich verdrückte, denn ich hatte mich in einem Anfall von Wut auf ihn gestürzt.

Nach Hause gekommen, fand ich einen Brief von Malika vor. Sie schrieb mir ohne Unschweife, daß sie Architekten Seideningenieuren vorziehe und ins Auge faße, ihr Leben mit einem Liebhaber des Betons zu teilen.

Mit den Nerven am Ende ging ich fort, um vierzehn Tage in einem Hotel hoch oben auf dem Gipfel eines bewaldeten Gebirges zu verbringen, in der Hoffnung, dort meinen beruflichen Ärger und meine Liebesenttäuschungen zu vergessen.

Als ich zurückkehrte, wurde ich überraschenderweise vom früheren Leiter der Spinnerei gerufen, der zum Fabrikdirektor befördert worden war. Er empfing mich mit der gewöhnlichen Liebenswürdigkeit, bedeutete mir

aber klipp und klar, daß es unmöglich sei, an eine Fort-
setzung meiner katastrophalen Versuche zu denken.

Von Lyon aus schickte ich eine Postkarte an denjenigen,
der mich in dieses Abenteuer verwickelt hat. »Sie sagten
zwar die Wahrheit, doch ich bin nicht sicher, ob Sie auch
recht haben.«

Der Frontsoldat

Ich bin Bademeister am Strand von El Karma. Selbstverständlich nur im Sommer. Das übrige Jahr arbeite ich als Landarbeiter auf der Domäne Nr. 36, dem früheren Landgut des Colon Benoit, das nunmehr den Namen meines Vaters trägt. Jedes Jahr, wenn sich die heißen Tage nähern, beginnt der Leiter des Hofs, mir Avancen zu machen und mich mit Versprechungen über eine bevorstehende Beförderung zu überschütten, mit dem offensichtlichen Ziel, mich während der Sommerperiode dazubehalten. Natürlich ist es ihm nie gelungen. Darauf falle ich nicht herein. Jedesmal, wenn er meine Entschlossenheit bemerkt, wechselt er die Tonlage und geht von Komplimenten zu Drohungen über.
– Wenn du weggehst, wirst du wegen unerlaubten Fernbleibens entlassen.
Ich kann seine Haltung sehr gut verstehen. Denn gerade in den drei Sommermonaten fallen die Arbeiten an, die am meisten Arbeitskraft brauchen. Er benötigt also jeden Mann. Aber ich habe seine Warnungen nie ernst genommen. Ich weiß genau, daß die Domäne nur drei Männer unter ihren siebzig festen Arbeitern zählt, die kräftig genug sind. Alle anderen haben die Sechzig weit überschritten. Die Greise aus der Gegend haben dort den bequemsten Weg gefunden, sich die Altersruhegelder zu sichern, die der Staat ihnen nicht ordnungsgemäß auszahlt. Man muß sie sehen, wenn sie sich morgens, in langsamer Prozession, jeder eine Hacke über der Schulter, mit kleinen Schritten auf den fünfhundert Meter entfernten Kartoffelacker begeben. Der Rüstigste macht es sich zur Pflicht, auf die Nachzügler zu warten, der erste in der Reihe muß seine Schuhe wieder zubinden, der

nächste schleicht sich schamhaft hinter ein fernes Gebüsch, um sich zu erleichtern, während die beiden Ältesten lieber stehenbleiben, um ein bestimmtes Detail einer Diskussion zu klären, die sie mehr als einen Monat zuvor aufgenommen haben und die zweifellos noch bis zum Ende der Knollenernte dauern wird. Schließlich handelt es sich um eine wichtige Angelegenheit. Der eine ist überzeugt, daß der Verwalter Hernandez von Benoit im Jahr der Heuschreckenplage angeworben wurde, während sein Widerredner behauptet, daß er erst sehr viel später, sechs Monate nach Landung der Amerikaner angekommen sei. Aber beide stimmen darin überein, daß sich der hartherzige Spanier verbissen an die Arbeit machte, und mit einer paradoxen Sehnsucht rufen sie die Erinnerung an eine Zeit wach, in der dieser sie viel öfters ins Schwitzen brachte als sie ihn.

– Entsinnst du dich, mit welcher Kraft der Weizen trieb?

– Und die Tomatenpflanzen, die sich unter der Last bogen? Kaum hatte man die reifsten gepflückt, mußte man schon wieder von vorne beginnen.

– Und die Kartoffeln, von denen jede einzelne ihr Pfund wog?

Mit anderen Worten, diese ehrwürdigen Alten kamen erst kurz vor Mittag auf dem Acker an, gerade als es an der Zeit war, daß der Prozessionszug sich wieder auf den Rückweg machte. Längst reif geworden, liefen die Knollen kaum Gefahr, das Tageslicht zu erblicken, wäre es nicht möglich, den Großvätern junge Hände zu geben, indem man vom Unterricht befreite Pennäler einstellte. Blieben also nur Rabah, Omar und ich.

Der erste, lässige dreißig Jahre alt, hat sich immer als Stellvertreter des Leiters betrachtet und es infolgedessen abgelehnt, sich uns anzuschließen. Seit er zum Fahrer befördert worden ist, steigt er nicht mehr von seinem prächtigen jugoslawischen Traktor herab, den man der Domäne zugeteilt hat. Ganz gleich, ob er nur ins Dorf gehen muß, um einen Brief aufzugeben, ob er eine

Packung Kautabak im entferntesten Souk El Fellah*
kaufen, seine Kusine im Krankenhaus besuchen oder auf
die Bank gehen muß, um zu prüfen, ob die Gehälter
überwiesen worden sind. Omar hingegen bleibt, obwohl
er schon drei Mal in der Irrenanstalt war, für die
schlimmsten Überraschungen gut, wie an jenem Tag, als
er die Kuhherde auf das noch grüne Weizenfeld führte.
Alle haben wir die Weisung erhalten, darauf achtzuge-
ben, daß er nichts in die Hände nimmt.

Aus diesem Grund weiß ich genau, daß der Leiter glücklich sein wird, mich gegen Ende des Sommers wiederzusehen.

Ich kann weder lesen noch schreiben, da es mein Vater
damals, auf Betreiben seiner wenig liebevollen Gattin,
für einträglicher hielt, mich ab dem zehnten Lebensjahr
als Stalljungen unterzubringen. Mein Erzeuger ist im
Maquis gestorben, nach offizieller Darstellung ruhm-
reich gefallen, mit der Waffe in der Hand; in Wirklichkeit
ist er, wie seine Gefährten einhellig berichten, an den
Komplikationen einer nicht ausgeheilten Bronchitis gestorben. Mit zwölf Jahren mußte ich also, in meiner
Funktion als Ältester, für den Unterhalt seiner heißhungrigen Brut aufkommen. Alle Nachbarn stimmen
anerkennend überein, daß ich, trotz meiner jungen Jahre,
meiner Verantwortung als Familienoberhaupt vollkommen gerecht wurde. Ich habe sogar darauf bestanden,
meine beiden jüngeren Brüder zur Schule zu schicken.
Der erste konnte bis zum Abitur bleiben, das er zum
Glück nicht geschafft hat. Er ist staatlich angestellter
Zwischenhändler für Mangelwaren geworden. Er ver-
dient an einem Tag, was mir der Staat für einen Monat bewilligt. Er hat seinen Wanst dicker und seinen
Schnurrbart länger werden lassen, beides unleugbare
Zeichen des geistigen und materiellen Wohlstands. Der

---

* Ursprünglich Bauernmarkt im Freien, heute Bezeichnung für
die staatl. Supermärkte auf dem Lande. (Anm. d. Übers.)

Benjamin erfreut sich unerbittlicher Hellsichtigkeit. Er hat früh verstanden, daß es der beste Weg ist, sich von der heimischen Scholle loszureißen, wenn man die Uniform anzieht. Also hat er sich, ohne mit der Wimper zu zucken, für fünfundzwanzig Jahre bei der Armee verpflichtet. Heute stolziert er mit zwei Sternen auf der Schulter einher, in einem direkt aus Japan importierten Wagen, der die Nationalhymne singt, wenn die Tür aufgeht. Er hat eine Tochter aus dem städtischen Bürgertum geheiratet. Er schämt sich, uns seinen Schwiegereltern vorzustellen, und besucht nicht einmal mehr seine kranke Mutter. Er hat recht.

Ich bin Analphabet, aber intelligent. Ich hätte ohne Schwierigkeiten eine einträglichere und weniger mühselige Beschäftigung finden können als die eines Landarbeiters. Einige Jahre lang habe ich in einem kleinen Textilunternehmen gearbeitet. Dank einer langsamen aber beharrlichen Auffassungsgabe habe ich schließlich die Technik der Jacquardmuster beherrscht. Nur wenige spezialisierte Ingenieure können sich dieser Fähigkeit rühmen. Der Inhaber nutzte dies, um mich die Rolle des Vorarbeiters spielen zu lassen, aber er war so knauserig, daß er sich weigerte, meinen Lohn zu erhöhen, während er mich zugleich für die Zahl der abgebrochenen Nadeln zur Rechenschaft zog. Um ihn zu ärgern, rief ich zur Gründung einer Gewerkschaftssektion in der Fabrik auf, zu deren Generalsekretär ich ernannt wurde. Mit Unterstützung der örtlichen Behörden habe ich ihm das Leben so schwer gemacht, daß er sich entschieden hat, mitsamt seinen ganzen Maschinen fortzuziehen. Natürlich bin ich wieder arbeitslos geworden.

Ich bin auch Ordonnanz beim Bürgermeister gewesen. Es war kein ruhiger Posten. Die Leute auszusieben, die Zugang zum Rathaus suchten, hat aus mir eine so einflußreiche Person gemacht, daß es den Bürgermeister in den Schatten stellte. Er fürchtete einen zukünftigen Rivalen emporkommen zu sehen. Unter Analphabeten …

Aber keine dieser Beschäftigungen gestattete es mir, die zwei Sommermonate dem Meer zu widmen.

Ich liebe das Meer.

Ich habe hinter dem Rücken meiner Eltern Schwimmen gelernt, in einer kleinen Felsbucht, die die Sommergäste nicht kannten. Man muß hinzufügen, daß in jenen lange zurückliegenden Zeiten die Städter noch nicht scharenweise von diesem sonderbaren Virus befallen waren, der sie dazu treibt, sich auf dem heißen Sand unserer Strände zu rekeln. Wir fanden uns zwischen Jungen aus der Nachbarschaft wieder. Unser Herumtollen im Wasser folgte einigen Wettkämpfen: Wer am weitesten hinausschwimmt, wer am schnellsten schwimmt, wer am längsten unter Wasser bleibt, wer vom höchsten Felsen hinunterspringt. Nichts ist schonungsloser als Kinderspiele: Jeder geht bis an die äußerste Grenze seiner Fähigkeiten. Man lernte also sehr schnell, um Leistungen zu wetteifern, um aussichtslose Unterfangen, Akrobatenstückchen jeder Art, und das Sommerende hinterließ uns eine salzverbrannte Haut.

Meinen Dienst am Strand von El Karma nehme ich regelmäßig am ersten Juli auf, ausgestattet mit einem T-Shirt und einer vorschriftsmäßigen Trillerpfeife, und, seit zwei Jahren, mit einem Walkie-talkie.

El Karma ist der bestbesuchte Strand in der Gegend. Die schicksten Hauptstadtbewohner, die den Flitterkram der Tourismuszentren am westlichen Küstenstreifen verachten, zögern nicht, mehr als hundert Kilometer zurückzulegen, um diese herrliche Bucht bewundern zu können. Zum großen Glück wird dieser Ort von keinen öffentlichen Verkehrsmitteln angesteuert. Man muß schon über ein Auto verfügen, um nach El Karma zu gelangen. So bin ich mir, da sie auf ein eigenes Fahrzeug angewiesen sind, ausgewählter Gäste sicher.

Ich lege unnachsichtig Wert darauf, den Status des Orts aufrechtzuerhalten, der meinem Schutz unterstellt ist.

Mit gestrengem Blick empfange ich die Kuhbauern, die sich auf mein Gebiet vorwagen, vom Schauspiel der jugendlichen Schönheiten angezogen, die ihre Nacktheit dem Spiel sanfter Wellen oder des heißen Sands anvertrauen, der unter ihren Körpern noch feiner, noch weicher wird. Die Bauernlümmel wissen, daß ich sie ständig überwache und beim ersten Versuch, sich an eine Badende heranzumachen, die so unbedacht war, ihnen gütigerweise ein belangloses Lächeln zu schenken, unfehlbar und unverzüglich die Gendarmen alarmieren würde, die sich keine Hemmungen auferlegen, sie mit Waffengewalt zu vertreiben. Ich kenne diese Bauernlümmel genau, die nur wegen des erregenden Gefühls kommen, das sie verspüren, wenn ihre Augen diese zarten, der Sonne dargebotenen Körper verschlingen: Ich bin nämlich unter ihnen aufgewachsen. Sie leben unter der Folter heftiger Begierden und tragen ihre Manneskraft wie ein umherziehender Ritter seine Lanze. Da Männer und Frauen getrennt aufgewachsen sind, die einen durften die anderen nicht sehen, sind sie nur noch Männchen und Weibchen. Bei den Städtern haben diese Landbewohner keine Chance: ihre Kleidung, ihre Haltung, ihre Sprache verraten ihre Herkunft. Nie wird eine dieser Kleinbürgerinnen ihnen die Gunst erweisen, sie auch nur eines kurzen Blickes zu würdigen. Doch hier, entblößt, vorübergehend ihres ursprünglichen Makels entledigt, können sie einen anderen Anschein erwecken. Ich gestehe sogar, daß ihre stets schlanke Gestalt, ihre Haut, goldbraun wie gutes Brot, ihnen ein verführerisches Aussehen verleiht. Aber ich mache sie unfehlbar mit dem ersten Blick aus. Diese tiefer gebräunte Stelle am Nackenansatz, diese bizarre Wölbung des Rückens nach vorne, Folge einer langsamen Verformung der Wirbelsäule, verweisen zweifelsfrei auf denjenigen, der seine Tage über eine Hacke gebeugt verbringt. Alle haben sie diese lächerliche Manie, sich gleich wieder zu kämmen, nachdem sie aus dem Wasser gekommen sind, ihr einziges Ausdrucksmittel für ihren leidenschaftlichen Wunsch nach Eleganz. Sie gehen mit gewölbter Brust und bilden sich ernsthaft ein, ihre Brustmuskeln riefen bei den Miezen Regungen hervor. Aber vor allem gibt es diese für die Benachteiligten aller Länder so charakteristische Furcht, die ihre Augen tanzen läßt und die zu beherrschen selbst den größten Angebern unter ihnen niemals gelingt. Das ist nicht der Fall bei den jungen Mädchen, die unter meiner Aufsicht herumtollen. Sie leben in Sicherheit und fürchten weder Gott noch Gendarmen.

Einige Gefährten aus der Kindheit haben geglaubt, sie würden, weil wir einige Erinnerungen an gemeinsame Erlebnisse teilen, in den Genuß besonderer Vorrechte kommen. Sie mußten schnell zurückstecken. Ich habe ihnen allen eine rüde Abfuhr erteilt. Nun ja, fast allen …

Farid und ich lernten uns an dem Tag kennen, als sein Vater gegenüber von unserer Hütte einen Karren entlud, der die Habseligkeiten seiner Familie enthielt. Die Bewohner unseres Küstenfleckens hielten alle, die einen Kilometer weiter im Süden wohnten, für ungehobelte Bergbewohner. Man verachtete sie, weil sie weder Fußball spielen noch schwimmen konnten. Aber bei Prügeleien waren sie nicht zimperlich. Durch meine Arroganz aufgebracht, fiel Farid mit den Fäusten über mich her. Eins zu eins unentschieden: Die erste Runde ging an ihn, in der zweiten behielt ich die Oberhand. Auch im Laufe der anderen Initiationsproben zeigte er sich ebenbürtig. Ich hatte ihn gewarnt, daß der Hüter des Obstgartens mit einem Jagdgewehr bewaffnet war, aber ich hatte ihn nicht darauf hingewiesen, daß er praktisch blind war. Er rückte an meiner Seite unter den Bäumen vor und stibitzte fast genausoviel Birnen wie ich. Als ich am nächsten Tag mit einem meisterlichen Steinwurf die Windschutzscheibe eines Lastwagens einwarf, der auf der Straße vorbeifuhr, verriet er meinen Namen nicht. Trotzdem ist er, der es kraft seiner Unschuld nicht für nötig hielt, mir auf meiner Flucht zu folgen, vom Besitzer des

Lastwagens hart rangenommen worden. Wir schlossen also einen Pakt über unsere Freundschaft und Zusammenarbeit und wurden unzertrennliche Gefährten. Von jenem Tag an bildete seine Kindheit meine nach.

Ab dem siebten Lebensjahr haben wir die Schafe seines und meines Vaters auf dieselben weit entfernten Weideplätze geführt. Dann rieten unsere gemeinen Mütter ihren unschlüssigen Ehemännern, uns zu einer zweifellos mühseligeren aber weitaus einträglicheren Beschäftigung zu drängen: der Weinlese. Die Rebstöcke waren größer als wir, und wir haben uns Kübel auf den Buckel laden müssen, die das Hundertfache unseres Alters wogen. Um das Mittagessen gebracht, haben wir uns mit Trauben vollgestopft, die bitterer waren als unsere Erinnerung an jene Zeit. Als der Abend kam, erbrachen wir den ganzen Inhalt unserer schwärenden Eingeweide, und ich habe bis heute jenen alkalischen Beigeschmack zurückbehalten, der meine morgendliche Übelkeit hervorruft. Nachdem wir zum gleichen Lohn Stalljungen auf benachbarten Höfen geworden waren, mußten wir vor den gleichen Stalltüren Berge von Misthaufen errichten.

Wir haben gemeinsam, als Herausforderung, die Gräber unserer Vorfahren mit Urin begossen, ein mongoloides Mädchen geschändet, das uns unterwegs begegnete, Illustrierte aus der Buchhandlung einer bekannten Nymphomanin im Kolonialdorf stibitzt, um sie wieder zu verkaufen. Sie vernachlässigte ihre Auslagen zugunsten des Hinterraums, in den sie alle männlichen Kunden zu führen versuchte. Farid's schöne Augen erregten ihre Aufmerksamkeit, und an dem Tag, als sie ihn auf frischer Tat beim Mausen erwischte, stellte sie ihn vor die Wahl zwischen Polizeiwache und ihrem Lagerraum. So machte mein Gefährte seine zweite Erfahrung in Sachen Liebe. Er kam mit leichter Übelkeit zurück, aber die Arme mit Zeitschriften beladen.

Wir mußten gewachsen sein, und, während Farid's

männliche Schönheit von Tag zu Tag offenkundiger wurde, während das Grün seiner Augen immer heller leuchtete, wurde unser Lachen dunkler, unsere Körper schwerer, unsere Frustrationen unerträglicher. Immer unter der Sonne, schleppten wir unser miserables Dasein von Ort zu Ort. In Kneipen, die noch erbärmlicher waren als unsere Jugend, haben wir versucht, unsere Verbitterung in Hektolitern warmer Bierbrühe zu ersäufen. Wir wollten auf Reisen gehen und fanden uns an noch verrufeneren Orten wieder, vor uns noch teurere und weniger schäumende Biere.

Doch unsere jämmerlichen Existenzen Seite an Seite zu ertragen, verdoppelte nur unsere Pein. Also beschlossen wir, uns zu trennen. Ich ging zum Arbeiten auf einen Hof, er zu einem anderen.

Deshalb tat ich so, als hätte ich ihn nicht gesehen, als er sein Handtuch im Schatten des »Frontsoldaten« ausbreitete. Lieber schüchterte ich einen falschen Städter ein, der sich am Steuer einer Schrottmühle bis zu mir vorgewagt hatte, die so veraltet war wie die Epoche, in der die arabisch-islamische Kultur ihren Höhepunkt hatte. Ich forderte ihn auf, seine traurige Maschine an einem anderen Ort abzustellen, indem ich behauptete, daß der Platz, den er sich ausgesucht hatte, frei bleiben müßte, um die anderen Fahrzeuge in ihrer Manövrierfähigkeit nicht zu behindern. Da er zuvor bereits von Tahar weggeschickt worden war, dem Wirt des Bar-Restaurants, der Wert darauf legte, den Parkplatz vor seinem Lokal für seine Gäste zu behalten, regte sich der Neuankömmling auf und versicherte mir, er sehe nicht, wie seine winzige Klapperkiste Unannehmlichkeiten bereiten könnte. Beim Anblick seiner vielen Bälger, die in der zum Treibhaus verwandelten Blechbüchse schmorten, hätte ich beinahe Mitleid bekommen. Doch ich nahm mich rasch wieder zusammen und empfahl ihm, sich zum Nachbarstrand zu begeben, wo er über soviel Platz zum Parken verfügen könne, wie er wolle. Erneut begann er zu protestieren und behauptete, ein Recht auf freien Zugang zu haben. Ich lehnte es ab, weiterhin mit ihm zu palavern, und drohte, indem ich die Pfeife in den Mund steckte, die Gendarmen zu alarmieren. Schließlich ist er meiner Empfehlung nachgekommen. Ich wußte, daß er sich fügen würde. Er gehörte zu denjenigen, die die Gendarmen fürchteten. Von seiner Terrasse aus gab Tahar mir ein Handzeichen.

Ich verstehe mich gut mit Tahar. Ich weiß genau, daß ich ihm einen Gefallen tue, wenn ich Jagd auf die Mistbauern mache, die angesichts der Preise seiner Gerichte nie an einem seiner Tische Platz nehmen. Oft läd er mich ein, um sich bei mir zu bedanken. Das ist keine Korruption, sondern eine harmlose Geste der Höflichkeit. Wenn ich aus dem einen oder anderen Grund streng gegen ihn vorgehen müßte, würde ich nicht zögern, es zu tun. Aber er hat sich den Regeln des Savoir-vivre gegenüber immer respektvoll gezeigt. So bin ich vor einigen Jahren zu ihm gegangen, um ihn zu bitten, seine Radiomusik zu dämpfen, die den Schlaf der in der Nähe liegenden Camper störte. Er hat sie sofort leiser gestellt und die Lautstärke während der Sommerperiode nie wieder erhöht.

Ich brauche keine Skrupel angesichts dieser plebejischen Horden zu haben. Ihre Sprößlinge machen mehr Lärm als ein ägyptisches Theaterstück im dritten Akt. Ihre ungestümen Spiele stören die Ruhe der anderen Badegäste. Außerdem sind sie unachtsam und wenig rücksichtsvoll gegenüber anderen. Wenn sie gegessen haben, verstreuen sie hemmungslos Schalen und Abfälle um sich herum. Aber in punkto Hygiene und Sauberkeit bin ich unnachgiebig. Ich weiß um die Schlamperei der kommunalen Müllabfuhr. Deshalb erlege ich allen Liebhabern des Sands eine strenge Disziplin auf, denn ich will nicht, daß sich mein Strand in eine Müllhalde verwandelt. Wehe dem, den ich dabei erwische, wie er sich seiner Abfälle an einem unpassenden Ort entledigt.

Zudem beginnen diese Bettler schon ab Sonnenaufgang,

den Strand zu überfüllen, wohingegen die Erfahrenen sich erst ab fünfzehn Uhr sehenlassen, wenn das kraftlos gewordene Meer seine Wellen ermatten läßt. So macht es der Mann in den weißen Shorts, ein treuer Stammgast, der die Mühe zu schätzen weiß, die ich mir gebe, um das Niveau meines Strands zu halten, und der es nie unterläßt, mir mit ein paar netten Worten oder einem Paket amerikanischer Zigaretten, die ich meinem Freund Farid anbiete, zu danken. Und da will dieser Landstreicher sein Töfftöff auf den Platz stellen, wo für gewöhnlich der Mercedes des Mannes in den weißen Shorts parkt! Was für eine Ketzerei! Der Mann in den weißen Shorts ist sicher ein reicher Industrieller. Das merkt man schon an der selbstsicheren Unbekümmertheit seines Gangs, an der natürlichen Autorität seines Blicks. Er hat bestimmt keine Angst vor den Gendarmen. Ich sehe ihn, bestens situiert, auf den Empfängen in feinster Gesellschaft, in den nobelsten Restaurants, in die ich niemals einen Schritt hineinwagen würde, selbst wenn ich an einem Abend mein ganzes Monatsgehalt ausgeben könnte. Was seine Frau betrifft, trotz ihrer ausgedehnten Sonnenbäder zeugt die Blässe ihres Teints weiter von ihrer aristokratischen Herkunft. Sie ist von solcher Feinheit, daß noch die gewöhnlichste Handbewegung voller Eleganz zu sein scheint. Neben soviel Noblesse kann man sich nur grob und ungehobelt vorkommen. Jedermann achtet und bewundert diese Vierzigerin mit noch betörendem Charme. Ihr Blick schüchtert die schlimmsten Rüpel ein, sie beginnen zu stammeln und sich zu zieren, sobald sie ihnen die Gunst erweist, ein Lächeln oder ein Wort an sie zu richten. Sie ist freundlich, weil sie von Natur aus mit Glück gesegnet ist. Schon bei Geburt war ihr alles gegeben. Schon beim ersten Schrei konnte sie sicher sein, daß sie sich später keine Kübel mit Trauben auf den Buckel laden müßte. Sie ist einfach und liebenswürdig. Sie weiß, daß sie es nicht nötig hat, durch Hochnäsigkeit, Hochmut oder Verachtung Distanz zu schaffen, Haltungen der Emporkömmlinge, die besorgt sind, ihren neuen Status zur Schau zu stellen. Sie hat mir gegenüber immer höchste Aufmerksamkeit gezeigt. Oft läd sie mich zum Essen ein und behandelt mich wie eines ihrer Kinder.

Ihr jüngster Sohn, ungefähr zehn Jahre alt, hat überhaupt nichts von dem gespreizten und unverschämten Benehmen der Sprößlinge, denen alles erlaubt ist. Zweifellos, weil er von seiner Mutter wohl erzogen ist.

Soll ich Ihnen von ihren Töchtern erzählen? Zwillinge, beide mit den gleichen langen Haaren, den gleichen Augen, doppelt schön und ungeheuer betörend. Das Meer gerät in Wallungen, wenn sie ihm ihre gleich aussehenden Körper anvertrauen, und auch die Sommergäste, wenn sie wieder aus dem Wasser kommen, lachende Aphroditen, die sich mit Gischt bespritzen, sich der närrischen Begierden nicht bewußt, die ihr Auftauchen hervorruft.

Ihr Vater, der gern den Fischen hinterherjagt, weiß, daß er auf mich zählen und sich ohne Sorgen zu seinem weit entfernten Lieblingsfelsen begeben kann. Beim ersten Versuch eines Charmeurs, sie anzusprechen, bin ich mit meiner Pfeife zur Stelle.

Ebenso unerbittlich bin ich mit den Campern. Die ersten Jahre haben sie mir eine Menge Sorgen gemacht, teilweise verursacht durch die zu große Nachgiebigkeit des Bürgermeisters. Ich hatte ihm mehrere Male vorgeschlagen, einen Standort für sie einzurichten, hinter den Strand zurückgesetzt und mit einem Minimum an Komfort ausgestattet. Ich hatte geltend gemacht, daß die Campinggebühren ihm die Kosten für die Arbeiten reichlich zurückerstatten würden. Er hatte mit den Schultern gezuckt, der Unwissende. Immerhin war er sich bewußt, daß er meinen Namen nicht mehr auf seiner Liste finden würde, um sich um die Stimmen unserer Mitbürger zu bewerben.

Der Bürgermeister liebt das Meer nicht.

Die Leute errichteten ihre Zelte also weiter auf dem Sand

und heimsten auf diese Art die ganze verfügbare Fläche ein.

In dieser Angelegenheit bin ich noch unnachsichtiger. Ich muß die Zahl der Anwärter, die sich auf meinem Strand niederlassen wollen, drastisch einschränken. Ich führe, nach einem komplizierten System, genau Buch darüber. Ich weiß, daß mein Strand sich, ohne dergleichen, sehr schnell in ein Elendsviertel mit Blechhütten verwandeln würde. Verrückt, was ein Camper an Dreck verursacht. Ich habe ungefähr zehn ausgeschnittene Baumstämme aufgestellt, die als Abfalleimer dienen, und ich habe so lange geschrien, bis der Bürgermeister endlich zugestimmt hat, zwei Mal wöchentlich den Müllwagen vorbeizuschicken, um sie zu leeren. Ich mußte schwer darum kämpfen, diese sommerlichen Dauergäste zu überzeugen, Gänge zwischen ihren Zelten anzulegen. Wenn man sie gewähren läßt, bilden sie instinktiv das anarchisch verstreute Umherliegen der Häuser ihres heimatlichen Douars mit Zeltleinen nach. Unsere Mitbürger kommen nur auf krumme Gedanken in ihrem Kopf. Der Knüppel ist wirkungslos. Man muß sie umerziehen. Also verbiete ich ihnen, ihr Geschirr im Meer zu spülen. Ich habe mich mit Tahar abgesprochen, der sie jeden Abend kostenlos mit Wasser versorgt. Auf meinen Rat hin, liefert er einigen sogar Strom, gegen ein Entgelt in diesem Fall. Zu Beginn hatten ein paar Außenstehende, die der Ansicht waren, meine Zuständigkeit ende mit den Wellen, den Aufstand gegen meine strengen Gesetze geprobt. Deshalb hatte ich Tahar gebeten, den Widerspenstigsten kein Wasser mehr zu geben. Sie haben sich schließlich aus dem Staube gemacht. Aber die meisten Sommergäste erkennen die Notwendigkeit dieser Maßnahmen an. Sie sind so zufrieden, daß ich sicher sein kann, jedes Jahr einen großen Teil meiner Leute wiederzusehen. Sie sind glücklich, wenn sie mich treu auf meinem Posten finden und drücken ihren Dank aus, indem sie mir kleine Geschenke machen. Als anerkennende Geste meines beruflichen Pflichtbewußtseins nehme ich sie an. Letztes Jahr hatte Malika mir eine Uhr schenken wollen, die sehr viel wert gewesen sein mußte. Ich war gezwungen, das Geschenk abzulehnen und ihr gegenüber mehr Zurückhaltung an den Tag zu legen, trotz ihrer schmachtenden Blicke. Sie war sehr verärgert. Um meine Eifersucht zu erregen, tat sie so, als hätte sie sich in einen Stutzer verknallt. Ich blieb unbeugsam. Mir war bewußt, daß ich mir nicht erlauben konnte, ihr Hoffnungen zu machen. Schließlich hat sie ihren Liebhaber geheiratet.

In Fragen der Sicherheit bin ich unerbittlich. Wenn ich die rote Fahne hisse, kann jeder Tollkühne, der sich danach noch ins Wasser wagt, sicher sein, daß er eine Ordnungsstrafe bezahlen muß. Einmal habe ich sogar den Zwillingen verboten, ihre sandigen Körper abzuspülen. Obwohl ich weiß, daß sie gute Schwimmerinnen sind. Meine Wachsamkeit verringert sich nicht, wenn sich das Meer beruhigt. Während ich am Wasser entlanglaufe, mit den Sommergästen spreche, höre ich nie auf, aus dem Augenwinkel heraus zu beobachten, was in der Ferne geschieht. Ich zögere nicht, den Unvorsichtigen hinterherzupfeifen, die sich zu weit vom Ufer entfernen, und ich richte es so ein, daß ich immer in der Nähe meines Schlauchboots bin. Ich weiß, daß die meisten meiner Amtsbrüder dieses Arbeitsmittel nutzen, um den Miezen, bei denen sie Eindruck schinden wollen, Ausflüge aufs Meer anzubieten. Das ist nicht meine Sache. Ich benutze es nur aus dienstlichen Gründen.

Mit Freude stelle ich fest, daß meine Anstrengungen belohnt worden sind: Mein Strand ist einer der sichersten an der ganzen Küste. Und ich bin nicht wenig stolz darauf. Die Mütter bei mir haben die Gewohnheit angenommen, nicht mehr auf ihre Kinder aufzupassen, die sich im Wasser tummeln, die Väter, nicht mehr ihre Töchter zu überwachen, die sich auf dem Sand vergnügen. Das ist einer der Gründe, warum das Fernsehen den

Strand von El Karma ausgesucht hat, um eines seiner Sommerspiele von hier aus zu übertragen. Zu dieser Gelegenheit kam sogar der Bürgermeister, um seine Schnurrbartenden vor dem Kameraauge zu zwirbeln. Dann hat er dem Mikrophon ausführlich alle Ausbaupläne anvertraut, die ich ihm vorgeschlagen hatte, und die von ihm systematisch zurückgewiesen wurden. Ich gebe zu, daß ich keine Sympathien für die Vertreter der Behörden hege. Sie gleichen sich alle. Sie suchen nur Ehre und Prestige und verachten die unscheinbaren und unermüdlichen Aktivitäten, auf die sich ein Erfolg gründen muß. Sie zeigen das arrogante Benehmen der Emporkömmlinge, und ihre Sprößlinge glauben sich in einem neo-kolonialisierten Land. Die beiden ältesten Söhne des Präfekten kommen manchmal, um bei mir zu wüten. Ihre Manieren rufen die allgemeine Mißbilligung der Sommergäste hervor. Da ich nichts gegen sie unternehmen kann, ignoriere ich sie. Doch einmal sah ich mich genötigt, den größeren der beiden Tölpel niederzuboxen, weil er nicht aufhören wollte, Célia zu belästigen. Dies hat mir eine Nacht in der Zelle eingebracht. Am nächsten Tag kam der Präfekt persönlich, um mich freizulassen und mich mit Entschuldigungen zu überschütten.

Es war der dritte Sommer, in dem Célia in Begleitung ihrer lärmenden Oraner Familie nach El Karma kam. Die Anwesenheit des jungen melancholischen und sanftmütigen Mädchens sprengte in dieser Atmosphäre von Gejohle und Geschrei völlig den Rahmen. Wir fanden uns sofort sympathisch. Aber erst nach dem sonderbaren Zwischenfall im vergangenen Jahr habe ich sie richtig kennengelernt.

Als ich am Rande des Strands entlangging, sah ich in der Ferne einen Kopf auf- und untertauchen. Sollte ich zum Schlauchboot laufen, um ihr zu Hilfe zu eilen, oder gleich ins Wasser hechten? Ich vertraute meiner Muskelkraft. Doch es erging mir schlecht. Während ich zurückschwamm, kam ich, in meinen Bewegungen von dem vor Erschöpfung keuchenden Körper behindert, immer mühsamer voran. Auf halbem Wege fühlte ich mich entkräftet. Die Lage wurde kritisch. In diesem Moment bemerkte ich hinter einem Wellenkamm Farid, der mir zu Hilfe kam.

Auf dem Strand streckten wir sie aus, im Schatten des »Frontsoldaten«. Einige Bewegungen zur Wiederbelebung genügten.

Ich hatte sie nicht mit Fragen bedrängen wollen. Ich wußte, daß sie eine ausgezeichnete Kraulerin war. Sie hatte mir erzählt, daß sie in Paris, wo sie lebte, einen guten Teil ihrer Freizeit damit verbrachte, die städtischen Schwimmbäder unsicher zu machen. Sie besaß eine ganze Sammlung von Badeanzügen. Für jeden Tag einen. Ich verstand also nicht, was ihr passiert war.

Nach zwei Tagen kam sie von selbst auf mich zu. Wir spazierten lang in der Abenddämmerung, als sich alle Badegäste bereits zurückgezogen hatten. Ich zeigte ihr die Felsbucht, wo ich schwimmen gelernt hatte, die Stelle, von der aus man sah, wie ein Felsen die Figur eines »Frontsoldaten« mit Gewehr bildete, mitsamt seinem Sturmhelm, seinem Bart und seinem Marschgepäck. Bei uns sorgen die Strahlen der untergehenden Sonne für eine milde Luft, die zur Vertraulichkeit einlädt. Sie begann, von sich zu sprechen. In Montpellier geboren, war sie eine Beur, wie sie dort drüben sagen, die, wie sie mir erläuterte, an einer hervorragenden, von Arabern gegründeten medizinischen Fakultät studierte. Ich wußte nicht, daß wir diese Faszination an der anderen Seite des Meeres, die heute unsere Landsleute so sehr erregt, aus einer so weit zurückliegenden Zeit geerbt hatten. Aber ich wunderte mich vor allem, daß unsere Vorfahren ihnen die Grundlagen eines Wissens vermachen konnten, das sie selbst außer Gebrauch kommen ließen, wie ein erschöpfter Staffelläufer, der zu Boden sinkt, nachdem er den Stab übergeben hat.

Wie ich mich auch über ihren Vornamen gewundert hatte:

– Sind Sie verpflichtet, einen französischen Vornamen zu tragen, weil Sie in Frankreich leben?

Sie hatte gelacht.

– Saliha, hatte sie mir geantwortet, ist dort zu schwer auszusprechen. Deshalb hat man mir einen ähnlich klingenden Namen gegeben. Im übrigen sind nicht nur unsere Namen verunstaltet worden. Der Westen heute, das ist Prokrustes, der die ganze Welt auf sein Bett legt, die dort angepaßt, normalisiert und standardisiert wird.

Sie hatte mir Dinge erzählt, die ich niemals vermutet hätte. Daß auf der anderen Seite dieses Meeres Hunderttausende von Leuten leben, die sich, wenngleich dort geboren, auf uns berufen. Ich hatte ihr mit großer Aufmerksamkeit zugehört. Auf ihre Frage hatte ich ihr entgegnet, daß ich Frankreich noch nie besucht hatte und auch kein anderes Land. Sie hatte mir versichert, sie würde sich freuen, mich zu treffen, wenn ich zufälligerweise einmal nach Paris käme. Leider mußte ich ihr erklären, daß mein Landarbeiterlohn mir so weite Reisen nicht gestatten würde, und daß nur die Sommerpause mir ermöglichte, das Nützliche mit dem Angenehmen zu verbinden.

Außerhalb der Saison verkehre ich nie in Tahars Lokal. Meine Mittel lassen dies nicht zu, um so weniger, als ich weiß, daß die Getränke, die er ausschenkt, keinen Durst löschen. Doch im vergangenen Winter mußte ich mehrere Mal zu ihm gehen, um Farid aus seinem Loch zu holen, der seine Abende damit verbrachte, am Tischende zu trinken und zu heulen.

Ich hätte Farid ja wirklich gerne gewarnt, aber ich mußte so tun, als wüßte ich nichts. Er dachte, daß ich von ihrem komplizenhaften Lächeln, ihrem flüchtigen Getuschel, der zärtlichen Beharrlichkeit, mit der sie sich mit den Augen verschlangen, nichts bemerkt hätte. Verliebte sind blind für andere und glauben, diese seien von derselben

Blindheit geschlagen. Und doch ist nichts leichter zu erkennen als zwei Wesen, die ineinander verliebt sind. Es ist so selten und kostbar wie eine Oase in der Wüste.

Zu Beginn hatte Farid ihr herrliche Chimären erzählt. Er hatte sich eine Familie aus Ärzten, Anwälten und Universitätsprofessoren angedichtet, dazu einen auf geheimnisvolle Weise verschwundenen Vater, während sein richtiger ganz prosaisch unter der zuschnappenden Gabel einer Weinpresse verstorben ist. Saliha schlürfte das Grün seiner Augen, ohne auch nur ein Wort seiner Fabeln zu glauben. Zuletzt gestand er alles. Sie hat ihn aber nur noch mehr geliebt.

Mit der Leichtfertigkeit von Verrückten hatten sie sich aufeinander gestürzt. Ich wußte, das ein herzzerreißendes Schicksal auf sie wartete, und jetzt lebten sie in tiefstem Schmerz entzweit. Saliha hat sich in die Pariser Nebel verflüchtigt. Gott allein weiß, wie sie mit ihrer Qual zurechtkommt. Farid hat seine Arbeit aufgegeben. Er ist ein bemitleidenswerter Säufer geworden, dem Tahar kostenlos Gastfreundschaft bietet und zu trinken gibt.

Am ersten Tag der neuen Saison stellte Farid das Trinken schlagartig ein und setzte sich auf den Helm des »Frontsoldaten«, mit den Augen unablässig die Strömungen eines trägen Meeres absuchend. So verbrachte er den ganzen Tag und den folgenden. Meine Bitten haben seine Entschlossenheit nicht erschüttern können.

– Komm, du weißt doch genau, daß sie nicht schwimmend zurückkommen wird.

– Ich muß wachsam bleiben, antwortete er mir. Ich weiß, daß Saliha stirbt, wenn ich meinen Posten verlasse.

Jeden Tag um die Mittagszeit brachte ich ihm ein Sandwich hoch, das er zerstreut verschlang. Er ließ sich von einem Spaßvogel unter den Badegästen einen Strohhut auf den Kopf setzen. Auf diese Weise, hoch oben unbeweglich sitzend, wurde er mit seiner Kopfbedeckung und seinem Bart, zu einer lebenden Nachbildung des steinernen »Frontsoldaten«.

Nachdem die erste Neugier vorüber war, begannen die Sommergäste, zu diesem hoch oben auf der Lauer liegendem Späher Zuneigung zu fassen, der über ihre ausgelassenen Spiele zu wachen schien. Die ängstlichen Kinder, die leicht fröstelnden Mütter, die schüchternen jungen Mädchen ertappten sich dabei, wie sie sich, von Zeit zu Zeit einen vertrauensvollen Blick auf ihn werfend, ihrem starren Beschützer sorglos in den Fluten näherten. Die Camper machten es sich zur Gewohnheit, bis zur Felsspitze zu klettern und ihn zu ernähren.

Der Bürgermeister liebt das Meer nicht.

Er hätte El Karma in eine Sandgrube verwandelt, hätte man es ihm erlaubt. Niemals habe ich ihn seinen Schnurrbart ins Salzwasser tauchen sehen.

Doch eines Tages, eingeladen von Tahar, der Wert darauf legte, sich seines Wohlwollens zu versichern, bemerkte der Bürgermeister bei seiner Ankunft den seltsamen Wächter. Sogleich rief er nach den Gendarmen, um Farid von seiner Felsspitze zu vertreiben. Trotz ihrer Waffen sind die Gendarmen harmlose Leute, die ihren Befehlen gehorchen müssen. Farid tobte so wild, daß sie ihn in eine nahegelegenes Krankenhaus brachten, um ihn mit Spritzen vollzupumpen.

Saliha ist am selben Tag im Hôtel-Dieu von Paris gestorben, nachdem sie einen Monat im Koma lag.

Im Jahr zuvor hatte sie mir ausführlich, aber mit viel Schamgefühl, von ihrer Krankheit erzählt. Ich wußte also, daß die Ärzte Saliha aufgegeben hatten, und daß ihre Krankheit keine Hoffnung mehr zuließ. Ich wußte, daß ihr klares Lachen nicht mehr zurückkehren würde, um meinen Strand und das Herz Farids fröhlich zu stimmen, daß ihr letzter Wink mit der Hand ein Abschied für immer war, daß Farid sie nie mehr wiedersehen würde, der heiße Tränen vergoß, während er sah, wie sie sich entfernte, und mit dem sie zum Trost eine feste Verabredung für den nächsten Sommer getroffen hatte. Aber ich wußte nicht, daß Liebe die Macht hatte, Sterbende am Leben zu halten. Ich bin sicher, Saliha hätte überlebt, wenn man Farid erlaubt hätte, auf seinem Felsen zu bleiben.

Farid liegt immer noch im Krankenhaus.

Wir haben den einunddreißigsten August. Morgen, wenn ich mein T-Shirt, meine Trillerpfeife, mein Walkietalkie und das Schlauchboot abgegeben habe, werde ich auf meinen Hof zurückkehren. Dort werden mich die Sarkasmen des Direktors und die herzlichen Begrüßungen der Greise empfangen. Der Strand ist verlassen. Ein paar verfrühte Windböen haben den größten Teil der Sommergäste in die Flucht geschlagen. Das Nahen eines religiösen Feiertags hat auch den Hartnäckigsten einen Grund zur Heimkehr gegeben.

Nächstes Jahr werde ich nicht wiederkommen.

Die Computer und ich

Ich hasse Computer. Ich habe mich gut unterhalten, als ich in einer Zeitung von dem Mißgeschick las, das einem ehrwürdigen Greis widerfuhr, der die Hundert schon überschritten hatte. Wenn ich mich recht erinnere, hat sich das in Schweden zugetragen. Diese nordischen Länder werden von seltsamen Leuten bewohnt. Ich gehöre zu denjenigen, die an den Einfluß des Klimas auf den Charakter der Ureinwohner glauben. Zweifellos hat das rauhe Wetter diese Völker so eifrig und seriös gemacht. Daher leiden sie an der Krankheit, alles auf untadelige Weise zustande zu bringen, daher haben sie den Fehler, mustergültige Produkte herzustellen, Geräte, die dummerweise der beigefügten Gebrauchsanweisung folgen und einem das Vergnügen rauben, nach und nach die Feinheiten ihrer Inbetriebnahme zu entdecken. Sicher haben Sie schon, wie ich, Erfahrungen im Kauf eines technischen Geräts aus dem eigenen Lande. Als Sie, vor Ungeduld bebend, zu Hause angekommen sind, haben Sie festgestellt, daß der Karton keinerlei Gebrauchsanweisung enthält. Und welche Aufregung hat Sie ergriffen, mich übrigens auch, nachdem Sie alle Teile zusammengefügt und auf den roten Knopf gedrückt haben, um festzustellen, daß nichts passierte. Natürlich hat ihre Frau, völlig fertig, sofort die Hände über dem Kopf zusammengeschlagen. Wenn Sie sie nicht gleich beruhigen, wird sie anfangen zu heulen. Schon setzt ihr Schwall von Flüchen auf den skrupellosen Händler ein, doch, um sie zum Schweigen zu bringen, versichern Sie ihr, daß Sie zweifellos nur vergessen haben, etwas anzuschließen. Und Sie verbringen den halben Vormittag damit, sich um den trotzenden Apparat vor Ihnen zu bemühen, bevor

Sie sich entschließen, die Sachkenntnisse Ihres Flurnachbarn zur Hilfe zu nehmen. Zwei Stunden später gesteht auch der Freitagsspezialist seine Machtlosigkeit ein. Sie müssen Ihr Gerät also wieder zum Verkäufer bringen, der Ihnen schonungslos erklärt, es komme für ihn nicht in Frage, das Ding zurückzunehmen, noch weniger, es umzutauschen, es sei schon eine besondere Gunst gewesen, daß er Ihnen das Gerät zurückgelegt hatte, es gebe keine Garantie, und sowieso, er wasche seine Hände in Unschuld, das Ganze gehe ihn überhaupt nichts mehr an, und er könne Ihnen nur die Adresse des Herstellers geben, damit Sie ihm gegenüber Ihre Klagen vortragen können.

Ich höre hier auf, eine Geschichte weiter zu erzählen, die sich noch in zahlreiche Richtungen ausbauen ließe, um Sie zu fragen: Hand aufs Herz, hätten Sie in einem dieser eiskalten Länder voller Ordnung und Anpassung jemals das Vergnügen gehabt, ein solches Abenteuer zu erleben? Sicher nicht. Wie hätte dies auch möglich sein sollen in den nördlichen Landstrichen, wo die Bürger die schlechte Gewohnheit angenommen haben, alles richtig laufen zu lassen, auf den Straßen den Verkehrsschildern zur Geschwindigkeitsbegrenzung zu gehorchen, die Straßen nur an Fußgängerstreifen zu überqueren, wo die Züge und Busse pünktlich verkehren, und das Fernsehen sich an sein Programm hält, wo das Wasser ununterbrochen aus den Wasserhähnen läuft, ein Stromausfall die Titelseite der Zeitungen einnimmt, die Türen der Ämter und Behörden gemäß den angeschlagenen Öffnungszeiten offen stehen, die Beamten nicht nur anwesend sind, sondern auch zur Verfügung stehen, zudem noch freundlich und tüchtig, wo man unverzüglich erhält, weshalb man gekommen ist, ohne am nächsten Tag wiederkommen zu müssen, im übrigen bereits alles über Computer läuft, und eine komplexe Maschine mit bunten Kontrollichtern und einem unfehlbaren Gedächtnis, nachdem sie am Tag Ihrer Geburt eine Datei für Sie eingerichtet hat, be-

ginnen wird, Ihr Leben mit kalten und keinen Widerspruch kennenden Befehlen zu bestimmen: Begeben Sie
sich bitte am siebenundzwanzigsten Januar, punkt elf
Uhr ins Gesundheitsamt, um sich gegen die Schlafkrank-
heit und die Sucht, die Regierung zu kritisieren, impfen
zu lassen, schlimme Krankheiten, die sie später für Ihre
Arbeit untauglich machen würden, da Sie Ihre Zeit damit
verbrächten, zu schlummern oder mit Ihrem Schreibtischnachbarn über die letzten Maßnahmen zur Kon-
trolle des Absentismus herzuziehen. Im Alter von sieben
Jahren werden Sie eine Nachricht erhalten, die Ihnen
mitteilt, daß Sie unter der Nummer 467 in der Grund-
schule Ihres Stadtviertels angemeldet sind, und daß Sie
verpflichtet sind, sich dort am 15. September mit dem
vorliegenden Formular einzufinden, das Ihre automatische Anmeldung bescheinigt. Genau das ist unserem
hundertsieben Jahre alten Schweden passiert. Angesichts
des weißbärtigen Patriarchen, erklärte der verwirrte In-
formatiker, daß man in der Datei nur zwei Felder für die
Altersangabe vorgesehen habe, was bewirke, daß die
Maschine jenseits der neunundneuzig Jahre wieder von
vorne zu zählen beginne, also mit null. Ich bin überzeugt, daß unser Hundertjähriger es gerne wie der Computer gemacht hätte.
– Das ist eine Kostenfrage, glaubte der Mann für die
Chips präzisieren zu müssen. Drei Felder sind notwen-
digerweise teurer. Nach der Statistik besteht eine so ge-
ringe Wahrscheinlichkeit, daß ein Bürger ein Alter mit
mehr als zwei Ziffern erreicht, daß sich die Investition
nicht auszahlen würde.
Eine elegante und moderne Art, die Väter aufzufordern,
vor dem schicksalhaften Tag zu entschlafen.
Zum Glück, habe ich mir gesagt, als ich von dieser kurio-
sen Nachricht Kenntnis nahm, droht in unserem Land
niemandem ein solches Mißgeschick. Ich weiß durchaus,
daß sich unsere großen Staatsbetriebe, um der Mode und
Modernität ihr Opfer zu bringen, alle mit dem letzten

Schrei an Hochtechnologie ausgerüstet haben. Doch die klugen Leiter dieser Unternehmen haben diese blitzenden Spielzeuge in Keller zu verbannen gewußt, die nur schwer zugänglich sind, um sie den Händen Bärtiger zu überlassen, die Englisch sprechen. Ohnehin haben sich diese Dinge in der Hauptstadt zugetragen, und ich glaubte, in meinem hoch auf einem Berggipfel liegenden Dorf, das soeben erst in den Genuß von Elektrizität gekommen ist, vor ihnen sicher zu sein.

Ich hatte die Angewohnheit, jeden Morgen ein gutes Viertelstündchen mit dem Tabakhändler zu vergeuden, dessen Laden auf meinem Weg zur Schule lag. Dieser reizende Mann in den Fünfzigern hatte sich schon in frühester Jugend endgültig mit der Arithmetik überworfen. Ich bemühte mich also, fünf, sieben oder neun Schachteln Zigaretten zu verlangen, eine Anzahl, die ich einzig und allein gewählt hatte, um ihm das Rechnen zu erschweren.

– Möchten Sie nicht lieber eine Stange mit zehn Schachteln?

– Nein, danke, das ist zuviel für meinen Geldbeutel.

– Ich sage Ihnen aber gleich, daß die Tarik bald ausgehen wird.

– Neun Pakete genügen mir.

Der Mann begann, sich in eine tiefe Nachdenklichkeit zu versenken, in der Hoffnung, sich an den Preis der Schachtel zu erinnern.

Zu seiner Entlastung muß gesagt werden, daß ihm die Aufgabe nicht leicht gemacht wurde durch die Tabakgesellschaft, die von der Manie besessen schien, regelmäßig die Preise zu erhöhen, während die Qualität ihrer Produkte mit derselben Regelmäßigkeit schlechter wurde. Er hatte sie schließlich auf einen Zettel eingetragen, den er häufig auf den neuesten Stand bringen mußte. Danach vertiefte er sich in langwierige Berechnungen, bevor er mir eine völlig falsche Summe entgegenhielt. Ich hielt ihm eine Zahl entgegen, von der er ahnte, daß sie stark untertrieben war, und so entspann sich zwischen uns eine nützliche Debatte.

– Dir blüht nochmal der Konkurs, weil du das Einmaleins nicht gelernt hast. Und zu meinem Bedauern muß ich feststellen, daß dein Sohn dir auf diesem Weg folgen will. Er ist eine Niete in Rechnen.

– Hoffen wir, daß er wenigstens die Intelligenz besitzen wird, sich nicht mit dem Verkauf von Zigarettenschachteln zu beschäftigen.

Diese tägliche Gelegenheit morgendlicher Unterhaltung versetzt mich für den ganzen Tag in heitere Stimmung.

Doch eines Tages, oh Wunder, nannte er mir auf Anhieb die exakte Summe von fünf Schachteln Zigaretten und beharrte höflich aber bestimmt darauf, trotz meiner immerhin entgegenkommenden Vorschläge. Ich mußte mich fügen und den geforderten Betrag bezahlen. Das eintönige Grau des Himmels spiegelte den ganzen Tag meine Stimmung wider. Ich glaubte, der Zigarettenverkäufer hätte in Kenntnis meiner Manie und meiner bevorzugten Zigarettenmarke die ganze Nacht damit zugebracht, Rechnungen aufzustellen und die Summen aufzuschreiben, die unterschiedlichen Mengen an Zigarettenschachteln entsprachen. Am nächsten Tag ging ich wieder zu ihm, um dreizehn Schachteln vier verschiedener Marken, sieben Streichholzschachteln und neunzehn Mentholbonbons zu verlangen.

– Aber Sie werden sich ruinieren, kommentierte mein Konzessionär für Tabakwaren scheinheilig. Und Ihre Gesundheit zugrunde richten, wenn Sie täglich soviel Zigaretten rauchen.

Rollentausch. Jetzt erlaubte er es sich, mir Lektionen zu erteilen.

Noch einmal fiel die exakte Summe meiner Einkäufe mit der schneidenden Schärfe eines besonders unnachsichtigen Urteilsspruches. Hinzu kam, daß der Kioskbesitzer jede Form der Anfechtung ablehnte und, auf die Bezahlung wartend, sogar ungeduldig mit den Fingern auf der Theke zu trommeln begann. Gerade als ich mich nach vorne beugte, um mein Geld hervorzuholen, bemerkte ich die vielfarbigen Tasten eines Taschenrechners.

Ich mußte mir einen neuen Tabakhändler suchen.

Ich besitze ein Auto, das älter ist als mein ältester Sohn, der sich mein Rasiermesser leiht und insgeheim meine Zigaretten raucht. Ich krieche mit der Geschwindigkeit einer Schnecke, um die anfälligen Teile seiner Mechanik zu schonen. Eines Tages gab die Ölpumpe ihren Geist auf, und ich begab mich in die Hauptstadt, um mir dort eine neue zu besorgen. Der große staatliche Ersatzteilhandel hatte drei Verkäufer, und ich zögerte einen Augenblick, bevor ich mich entschied, in welcher Schlange ich mich anstellte. Ich suchte mir einen dynamischen jungen Mann aus, dessen selbstsicherer Tonfall mir Vertrauen einflößte. Als ich an der Reihe war, empfing er mich mit einem liebenswürdigen aber dringenden »Ja, bitte!«. Trotzdem nahm ich mir die Zeit, ihn zu begrüßen, bevor ich meinen Wunsch äußerte. Er heftete seinen Blick sogleich an die Decke, zweifellos, um seinem Gedächtnis auf die Sprünge zu helfen.

– Ich glaube, wir haben keine mehr, sagte er schließlich zu mir.

Und aufgrund meines enttäuschten Gesichtsausdrucks fügte er, mit erhobenem Zeigefinger, noch hinzu:

– Aber nachschauen kostet nichts. Das werden wir gleich sehen.

Er machte sich also daran, auf der Tastatur seines Computers herumzuklimpern, hielt einen Augenblick inne und richtete sich dann mit einem erfreuten Lächeln an mich:

– Hab ich es mir doch gedacht. Wir haben keine mehr.

Ich hätte ihn gerne gefragt, ob ihre elektronische Lagerverwaltung nur dazu diente, das Nichtvorhandensein eines Artikels zu bestätigen, doch mit einer gebieterischen

bahn. **DB** IC/EC Fahrkarte   UMTAUSCH/ERSTATTUNG AB DEM
comf. **CIV 80**   NORMALPREIS   1.GELTUNGSTAG: 15 EURO

Gültigkeit: 13.10.05 - 14.10.05   H: bis 14.10.05

IC/EC	🕐 ⏱30min	VON	->NACH	🚆30min	🕐	KI/CI
		Bünde(Westf)	->Berlin Stadtb.+City			2

VIA: MI*H*Stendal*(HENN/P)

1 BC 50

0150

*Preis EUR ***26,50*

MWST D: ***26,50 16,0% =***3,66   503847601. Bünde   32
                                                       13.10.05 (Westf)   OO
68913765   BARZAHLUNG   16:15
74842771³
74842771.-30.₅ 02549   13.10.   02549

1 Erwachsener

Sehr geehrter Fahrgast,

für innerdeutsche Reisen in Zügen der Verkehrsunternehmen des Deutsche Bahn-Konzerns gelten die Beförderungsbedingungen für Personen durch die Unternehmen der Deutschen Bahn AG (BB Personenverkehr) sowie ergänzende Beförderungsbedingungen. Für internationale Reisen gelten die Bestimmungen des Gemeinsamen Internationalen Tarifs für die Beförderung von Personen und Reisegepäck (TCV). Für die Nutzung bestimmter Züge und für besondere Strecken und Angebote gelten besondere Regelungen; dies gilt auch innerhalb von Verkehrsverbünden, Tarifgemeinschaften sowie im Anstoßverkehr mit anderen Verkehrsunternehmen.

Umtausch und Erstattung Ihrer Fahrkarte können – je nach Angebot – ganz oder teilweise ausgeschlossen sein; ist die Erstattung möglich, müssen wir Ihnen hierfür ein Bearbeitungsentgelt berechnen. Die Nicht- oder Teilnutzung der Fahrkarte ist von Ihnen durch geeignete Bescheinigungen nachzuweisen bzw. glaubhaft zu machen. Ihre Fahrkarte ist nach Fahrtantritt nicht übertragbar, wenn nicht der Tarif ausnahmsweise etwas anderes bestimmt.

Weitere Informationen geben Ihnen gern unsere Verkaufsstellen.

Wir wünschen Ihnen eine angenehme Reise.

DB Fernverkehr AG   DB Regio AG   Stephensonstraße 1, 60326 Frankfurt am Main.

– Bescheinigungen –

Sch 6142 (01/2005)
(c) CIT 1996

Kopfbewegung forderte der Angestellte den Nächsten auf, näher zu treten.

Ich mußte mir ein neues Auto kaufen.

An dem Tag, als die Vertreter ziviler und militärischer Behörden aus unserer Region kamen, um in unserem Bergdorf eine Bankfiliale feierlich zu eröffnen, gab es viele Mitbürger, die hämisch lachten. Diese bedeutenden und von sich selbst überzeugten Persönlichkeiten versicherten einer nach dem anderen, daß der Forschritt sich unaufhörlich ausbreite, um auch noch die rückständigsten Winkel des Landes zu erreichen und uns ohne Umschweife in die moderne Zeit zu pflanzen, daß man darüber nur froh sein könne, daß und daß und ... Einem ehrlichen Chronisten geziemt es hinzuzufügen, daß sich die Einwohner einen feuchten Kehricht um diese Filiale kümmerten. Eine Zeit lang hatten sie die Hoffnung gehegt, daß ein Souk El Fellah aus der kleinen Baustelle hervorgehe, doch seit man ein Schild aufgestellt hatte, das die genaue Bestimmung der Arbeiten angab, verlor die Bevölkerung jedes Interesse an der Sache, und einige ließen sich sogar soweit gehen, wenig freundliche Bemerkungen über die Grillen der Verwaltung auszusprechen. Für unsere Bergbauern besteht die moderne Welt darin, die der reichen Ebenen im Norden nachzuahmen; vor einem Souk El Fellah Schlange stehen, um sich mit Früchten und Gemüse einzudecken. Ich glaube, behaupten zu können, daß ich als einziger mit der Eröffnung der Bank zufrieden war. Diese glückliche Initiative ersparte mir die monatliche Pilgerfahrt zum Hauptort des Wilayas*, um meinen kärglichen Lohn zu kassieren. Dieses regelmäßig notwendige Unterfangen stellte mich jedesmal vor dasselbe Dilemma. Sollte ich es mit meinem neuen Auto in Angriff nehmen, das ebenso alt und verstaubt war wie das vorhergehende, und selbst auf die Gefahr

* Regierungsbezirk in Algerien (Anm. d. Übers.)

hin, auf der Strecke liegenzubleiben? Oder sollte ich mich dazu entschließen, den Gemeindebus zu nehmen, und allen unvorhersehbaren Umständen trotzen? Der Busschaffner hatte mir immer Sympathien entgegengebracht, trotz meiner, wie er sagte, kleinbürgerlichen intellektuellen Herkunft, denn ich konnte den unendlichen politischen Ausführungen dieses früheren Schweißers von Renault, ehemaliges Mitglied der kommunistischen Partei und unverbesserlicher Stalinist, mit der erforderlichen Ernsthaftigkeit und Aufmerksamkeit zuhören. Aber diese Zuneigung, diese vorläufige Allianz, wie er hinzufügte, war mir nicht von großer Hilfe, wenn der Bus im frühen Morgengrauen seine zitternde Schnauze auf die Haltestelle richtete. Denn selbstverständlich war der Anhänger des Väterchens der Völker ein Verfechter des demokratischen Zentralismus. Nachdem er die Tür geöffnet und zugleich mit ausgestrecktem Arm den Eingang blockiert hatte, versuchte der Schaffner dem Ansturm der zweihundertfünfzig Reisewilligen Herr zu werden. Als er mit Hilfe seiner Trillerpfeife für Ruhe gesorgt hatte, begann er sofort mit seiner Ansprache.

– Gut, stellte er fest, es ist klar, daß nicht jeder einsteigen kann. Wir müssen also Kriterien für eine objektive Auswahl aufstellen. Es gibt zwei Lösungsmöglichkeiten. Entweder wir nehmen nur die mit, die bis zur Endstation fahren, was meine Arbeit in großem Umfang erleichtern würde, bei gleichzeitiger Maximierung der Unternehmensgewinne. Oder nur die Arbeiter der Textilfabrik, die immer gegen die Praktiken der Bürokratie und die Vernachlässigung durch die Geschäftsleitung ankämpfen müssen, die es nicht für nötig hält, ihrem Personal ein Transportmittel zur Verfügung zu stellen. Diese Proletarier sind nicht zu ihrem Vergnügen da, sondern um den Unterhalt ihrer zahlreichen Sprößlinge zu sichern. Für die geringste Verspätung müssen sie die Drohungen einer pedantischen Verwaltung hinnehmen. Deshalb haben sie Vorrang.

Lautstarkes Protestgeschrei, vermischt mit zustimmendem Gebrüll.

– Wir werden uns nicht beugen. Wir wissen die hinterhältigen Manöver zu durchkreuzen und bleiben allen Einschüchterungsversuchen gegenüber standhaft, denn wir sind hier, um die Rechte der am meisten Benachteiligten zu verteidigen.

Im letzten Augenblick, als er schon den Pfiff zur Abfahrt gegeben hatte, bemerkte der ehemalige Schweißer meinen flehentlichen Blick und schnappte mich am Arm, um mir zu helfen, mich auf das Trittbrett hochzuziehen.

– Halte dich fest. Auf einen mehr oder weniger kommt es nicht an. Wir sind ohnehin schon überladen ...

Der Bankkassierer empfing diejenigen, die er »die Horde zum Monatsende« nannte und die sich um seinen Schalter drängten, stets mit einem demütigenden Blick. Er tat eine Zeitlang so, als sei er beschäftigt, damit die Menge anschwoll, die er dann mit seinen verächtlichen Bemerkungen verhöhnte.

– Wozu soll ihnen ein Bankkonto dienen? Kaum teilt man ihnen mit, daß ihr Lohn überwiesen wurde, eilen sie hierher, um ihn bis auf den letzten Centime abzuheben.

Die Leute lästern gerne, selbst wenn das oft, wie in meinem Dorf, ohne wirkliche Bosheit geschieht. So behaupteten einige Mitbürger, unsere Bankfiliale habe mehr als sechs Monate nach ihrer Einweihung noch immer nur einen Kunden: mich. Ich kann es leider nicht bestätigen. Wie dem auch sei, ich habe durch die Veränderung jedenfalls gewonnen. Schluß mit den unheilvollen monatlichen Rundreisen. Vergessen der beleidigende Blick des Kassierers. In der dörflichen Zweigstelle läuft es andersherum. Ich hatte bald mit dem Leiter und seinen drei Angestellten Bekanntschaft geschlossen, die mich mit einem Lächeln begrüßten, und den Wunsch ausdrückten, mich öfters zu sehen, sei es auch nur zu einem einfachen Höflichkeitsbesuch, wie sie hinzufügten, sie nahmen sich die Zeit, sich nach dem Wohlergehen eines jeden meiner Familienangehörigen zu erkundigen, nach den Schulnoten meines ältesten Sohns, der sich ein Rasiermesser gekauft hat, aber noch immer meine Zigaretten raucht, bevor sie ein Formular hervorholten, um den Betrag meiner Abhebung einzutragen. Was früher eine Fron war, wurde zum Vergnügen, und ich hätte sicher noch beständigere Beziehungen zu diesen leutseligen Angestellten unterhalten, wenn sich der Staat seinen Lehrern gegenüber großzügiger gezeigt hätte. Das alles sollte jedoch nicht ohne ein paar kleine unliebsame Begleiterscheinungen bleiben. Die auf Geldangelegenheiten umgeschulten Bergbewohner pflegten nicht die salbungsvolle Diskretion ihrer Schweizer Kollegen. Zweifellos ist das der Grund, warum einige unserer Landsleute den helvetischen Häusern weiterhin den Vorzug geben. So kannten meine Bankangestellten ganz genau die Höhe meines Gehalts, das so schmal war, daß es ihnen herbe Kommentare über die Knausrigkeit des Staats entlockte. Sie konnten mir zu jedem Zeitpunkt und aus dem Gedächtnis den exakten Stand meines Kontos angeben. Sie glaubten, mir eine Freude zu machen, wenn sie mir bei einer Begegnung auf der Straße, in Anwesenheit zahlreicher Zuhörer, verkündeten, daß meine Gehaltsanweisung eingetroffen sei und ich folglich vobeikommen könne, um mein Geld abzuheben, oder ganz im Gegenteil, was leider viel öfters passierte, daß sie noch immer nichts erhalten hätten und daß sie sich, angesichts meines Kontostands, der mit dem Nullpunkt flirtete, und der bevorstehenden Festlichkeiten zu Ehren des Aïd, die zusätzliche Ausgaben mit sich brächten, ernsthaft Sorgen machten.

Als er bemerkte, daß ich in den Genuß einer Gehaltserhöhung gekommen war, sprach mir der Zweigstellenleiter öffentlich seine Glückwünsche aus.

– Nur die automatische Anhebung aus Altersgründen, sah ich mich genötigt, ihm zu erklären.

Es gelang mir nicht, die Freude der Angestellten zu trüben, die dieses Ereignis als einen Erfolg ihres Hauses betrachteten.

Eines Tages träumte ich in Anwesenheit zweier Kollegen mit lauter Stimme von einer großen Reise. Einer der Beamten, der unserem Gespräch zuhörte, verzog enttäuscht den Mund. Zweifellos hatte er meine umfangreichen Pläne mit meinen mageren Ersparnissen verglichen. Selbst wenn ich einräumen mußte, daß ihre Höhe die Skepsis des Angestellten rechtfertigte, war ich über diese Einmischung in meine persönlichen Angelegenheiten doch nicht wenig schockiert. Ich bin sehr dafür, das Recht zu träumen in die Verfassung aufzunehmen. Eine Regierung wäre gut beraten, wenn sie sich dessen annähme. Es wäre von großem Vorteil, denn in diesen Zeiten der ökonomischen Krise und Inflation sind nur noch Träume billig zu haben. Es herrscht nur deshalb soviel Verdrossenheit in unserem Land, weil es den Bürgern nicht erlaubt ist, nach Herzenslust zu träumen.

So bin ich mir vollkommen im klaren darüber, daß ich niemals die Mittel haben werde, die Antiquität, an der mein ältester Sohn herumbastelt, der seine Zigaretten nun selbst kauft und bald sein Abitur machen wird, durch einen Neuwagen zu ersetzen. Das hält mich nicht davon ab zu träumen, ich führe mit einem BMW neuesten Modells spazieren. Träumen heißt im Grunde genommen, ein besseres Leben zu niedrigeren Kosten haben.

Ich habe meiner Frau und meinen Dienstvorgesetzten gegenüber immer behauptet, daß ich ein schwaches Herz habe, in der Hoffnung, den Nörgeleien der einen und den Vorhaltungen der anderen zu entgehen. Als ich an jenem schönen Maimorgen die Bank betrat, hätte ich jedoch wirklich fast einen Herzstillstand gehabt. Die Veränderung sprang einem ins Auge. Man hatte nicht nur die von den Rowdys im Dorf zerbrochenen Scheiben ausgewechselt, und die Neonlampen, die ins Auge der Kunden

stachen, die drei herausgelösten Bodenplatten wieder
fest zementiert, das Schloß der Eingangstür ausgewechselt, das schon kurz nach seiner Montage den Geist aufgegeben und den Schalterraum in einen Selbstbedie-
nungsladen verwandelt hatte, sondern auch die Wände
und die Decke frisch gestrichen, welche ihre schönen bi-
sterfarbenen Flecken verlor, die an ein surrealistisches
Bild denken ließen, und die drei Schalter numeriert und
nach Funktionen getrennt, die seither mit herrlichen
Goldinschriften auf schwarzen Resopalschildern geschmückt sind.
– Was ist denn hier los? hatte ich gefragt. Man hat euch
wohl den Besuch des Präsidenten angekündigt!
Beklagenswerterweise fiel meine spöttische Bemerkung,
ohne auch nur den Anflug eines nachsichtigen Lächelns
hervorzurufen. Ich bekam den Eindruck, ein Pestkran-
ker unter Gesunden zu sein. Die drei Angestellten hielten ihre Nase hinter ihren Schaltern gesenkt, und entgegen der üblichen Gewohnheit war die Tür zum Büro des
Zweigstellenleiters geschlossen. Dieser ungewöhnliche
Empfang ließ ein Schuldgefühl in mir aufkommen. Hatte
ich versehentlich einen ungedeckten Scheck eingereicht?
Nach einem Augenblick des Zögerns habe ich mich mit
meinem Auszahlungsformular in jämmerlicher Haltung
vor den Schalter Nummer zwei gestellt, der jetzt für die-
sen Geschäftsvorgang bestimmt war. Der gebieterische
Zeigefinger des Bankangestellten deutete auf den hinter-
sten Teil des Raums. Jetzt erst bemerkte ich den neuen
Angestellten, der hinter einem bizarren Apparat thronte.
Ich ging zu ihm, um ihm meinen Scheck zu geben. Erst
nach Ablauf einiger Minuten geruhte der Mann, meine
Anwesenheit zur Kenntnis zu nehmen.
– Jaa? grummelte er.
– Ich möchte Geld abheben.
– Haben Sie ein Konto hier?
– Selbstverständlich.
– Füllen Sie diesen Zettel aus. Vollständig und fehlerfrei.

152

Und kommen Sie mit Ihrem Personalausweis, dem Steuerbescheid und einer Arbeitsbescheinigung zurück.

Ich bin schüchtern, und autoritäre Töne verfehlen nicht ihre Wirkung auf mich. Trotzdem habe ich versucht, einige Worte des Protests zu formulieren, die über den Kopf des neuen Mitarbeiters hinwegrauschten, der sich wieder seiner geheimnisvollen Beschäftigung zugewandt hatte. Ich habe den alten Angestellten verzweifelte Blicke zugeworfen. Es war völlig umsonst.

Am nächsten Tag erwartete mich der Filialleiter schon am Schulausgang, um sich für den Empfang zu entschuldigen, der mir bereitet worden war, und um mir die Gründe für diese plötzliche Veränderung zu erklären.

Ich habe diesen ehemaligen Kollegen immer für einen besonnenen und vom gesunden Menschenverstand gesegneten Mann gehalten. Als er den Schuldienst verließ, habe ich es aufrichtig bedauert. Doch ich konnte nicht umhin, seine Beweggründe anzuerkennen.

– Natürlich, hatte er mir damals gesagt, ist Filialleiter einer Bank nicht das Ideale. Man hat kaum Macht. In der Finanzwelt ist alles derartig zentralisiert, daß man nicht nießen kann, ohne die Zentrale zu unterrichten. Außerdem sehen die Leute in unserem Land keinen Vorteil darin, ihr Geld kostenlos einer Bank anzubieten. Aber ich habe schon beobachtet, daß die Gemeinderäte beginnen, mich auf der Straße zu grüßen. Diese reizenden Analphabeten haben die neuen Errungenschaften der modernen Zeit zweifellos noch nicht verdaut. Sie verwechseln Finanzen mit Steuern und unterstellen mir die Macht eines kolonialen Steuereintreibers, dessen Forderungen unsere Bergbevölkerung lange Zeit traumatisiert haben. Bald werden sie sich der heutigen Realität stellen. Doch dieser Posten erlaubt es mir, in Wartestellung zu bleiben und gleichzeitig weiterhin die Wohnung zu nutzen, die ich im Rahmen meiner Schultätigkeit bekam. Der Oberschulrat bewohnt eine Villa, die an unsere Bank hätte zurückgehen müssen. Also haben wir den beiden Verwaltungen, mit den passenden Mitteln, zu verstehen gegeben, wie unzweckmäßig der notwendige dienstliche Aufwand für den Wohnungstausch wäre. Aber ich habe etwas anderes im Sinn. Mein Schwager, der einen einflußreichen Posten in einem Ministerium in Algier bekleidet, hat mir die Leitung eines Souk El Fellah versprochen, den man gerade im Hauptort des Wilayas baut. Dann wäre ich ohne jeden Zweifel eine der wichtigsten Persönlichkeiten in der ganzen Region. Doch die Arbeiter des Bauunternehmens scheinen es aus Furcht, wieder arbeitslos zu werden, nicht sehr eilig mit der Beendigung der Arbeiten zu haben.

Ich glaube, er wartet immer noch darauf.

– Und welche Erklärung hast du?

– Wir stellen auf EDV um.

Er plusterte sich auf, während er darauf wartete, die Wirkung des magischen Worts auf meinem Gesicht abzulesen. Er kam nicht auf seine Kosten.

– Wenn alles fertig eingerichtet ist, wird es genügen, auf einen Knopf zu drücken, um auf der Stelle das Saldo des Kunden zu erhalten. Alle Buchungsvorgänge laufen automatisch ab, und der Apparat gibt jeden Morgen die Gesamtheit aller Abbuchungen vom Vortag aus, auch aller Einzahlungen und aller Überweisungen. Es wird wunderbar sein.

Doch für einen Moment trübte ein Wölkchen, zweifellos ein vorübergehendes, die Zufriedenheit meines Gesprächspartners.

– Eine amerikanische Firma von hohem Ansehen wird das System installieren. Deshalb hat man uns den Jungen geschickt. Er ist ein As in Informatik. Aber er ist etwas trocken und arrogant. Diese Leute aus der Hauptstadt halten uns für Wilde.

Es ist immer ein trauriger Vorgang, wenn man die gute Meinung, die man von jemandem hat, neu überdenken muß, vor allem, wenn es sich um einen ehemaligen Kollegen handelt. Seit diesem Tag ist der Filialleiter in meiner Hochachtung tief gesunken. Ich mußte mir einen neuen Partner für meine tägliche Partie Domino suchen, ich habe aufgehört, mich bei ihm nach dem Fortgang der Arbeiten am Souk El Fellah zu erkundigen, und ich hätte die Bank gewechselt, hätte ich die Möglichkeit dazu gehabt. Es blieb nicht aus, daß er diese Abkühlung unserer Freundschaft bemerkte, und als Vergeltungsmaßnahme war er nicht mehr gewillt, mich begrüßen zu kommen, wenn ich mich am Schalter zeigte, um meinen Lohn abzuheben, wie er sich auch nicht mehr für die schulischen Leistungen meines ältesten Sohns interessierte, der dennoch seit seiner Ernennung zum Mittelstürmer unserer Fußballmannschaft eine Lokalgröße geworden ist, die dank der unhaltbaren Treffer meines Sprößlings nächstes Jahr sicherlich in die höhere Liga aufsteigen wird. Mein erster Sohn steht nunmehr im Mittelpunkt einer Fürsorglichkeit durch die Dorfbewohner, von der sich sein Vater niemals hätte träumen lassen, und sich zu fragen begann, ob seine Zukunft nicht mehr in seinen Füßen als in seinem Kopf läge. Ich bin ziemlich stolz auf seine sportlichen Leistungen, aber ich mache mir Sorgen, wenn ich sehe, wie er die Vorbereitung seines Abiturs zugunsten derer des wöchentlichen Spiels vernachlässigt. Manche Entscheidungen kommen einen teuer zu stehen. Ich konnte keinen neuen Partner mehr finden, der genauso schnell kapierte, daß ich den Sechserpasch in Händen hielt, und ich war untröstlich, daß ich diesem ehemaligen Kollegen die Sorgen nicht mehr anvertrauen konnte, die mein Sohn mir bereitete. Wegen dieser Abkühlung habe ich ihn auch an jenem Tag nicht zu sehen verlangt, als ich mit der Bitte zur Bank ging, man möge doch einen Buchungsfehler berichtigen.

Der Null-Eins-Spezialist empfing mich mit dem für ihn üblichen hochmütigen Tonfall.

– Jaa?

– Diese 107 380 Dinar, die auf meinem Konto gutgeschrieben sind, das ist doch sicher ein Irrtum …

Schon hatte ich das Verbrechen begangen, das verpönte Wort auszusprechen. Der Mann fuhr aus seinem Stuhl hoch.

– Ein Irrtum?

Ich habe in meiner Klasse einen nicht zu vernachlässigenden Anteil unbändiger und disziplinloser Schüler, die ihren Verstand nur darauf zu verwenden scheinen, mir das Leben schwer zu machen. Aber ich erinnere mich nicht, einem dieser Steppenstrolche jemals eine Behandlung auferlegt zu haben, die sich mit der vergleichen ließe, die ich von seiten dieses Kartenlochers hinnehmen mußte.

– Ein Irrtum? Würden Sie bitte zur Kenntnis nehmen, daß diese Maschinen nie einen Irrtum begehen.

– Und doch kann dieses auf meinem Konto gutgeschriebene Vermögen ...

– Es gehört Ihnen.

– Ihr Apparat hat vielleicht meine Nummer mit der eines anderen verwechselt.

– Ausgeschlossen.

– Aber woher könnte das viele Geld denn sonst stammen?

– Das werden Sie erfahren, wenn Sie Ihren Beleg für die Überweisung erhalten.

Ich ging mit sorgenvollen Gedanken hinaus. Sollte mir das Schulamt eine Prämie zugesprochen haben? Ausgeschlossen, daß die öffentliche Hand einen jemals mit derlei Vergünstigungen überschüttet. Handelte es sich um eine rückwirkende Lohnerhöhung? Ausgeschlossen, denn die Zahlungen waren noch nie im Rückstand. Das Vermächtnis einer reichen Tante? Ausgeschlossen.

Als ich die Straße entlang ging, überkam mich ein seltsames Gefühl. Zuerst war es der Eindruck einer körperlichen Leichtigkeit, die mich vor Lust beinahe hüpfen ließ. Ich mußte mich ganz schön anstrengen, um mich zurückzuhalten. Jedenfalls überraschte ich mich einige Augenblicke später dabei, die Melodie eines Schlagers zu pfeifen, der meine Jugend bewegte. Sicher, wir befanden uns im schönen Monat Mai, von dem man weiß, daß er einige Verrücktheiten zuläßt, doch ich hielt mich für einen vernünftigen und umsichtigen Menschen, für einen achtbaren Familienvater, dessen ältester Sohn einen Schnurrbart trug und sich vor den Mädchen aufplusterte. Noch heute gelingt es mir nicht, ganz und gar zu verstehen, was passiert ist. Ich hatte den Eindruck, daß sich die Sohlen meiner Schuhe durch eine dicke Kreppschicht verdoppelt hatten, daß sich die Luft, die ich atmete, auf geheimnisvolle Weise mit Sauerstoff angereichert hatte. Ich schwebte in einem Glücksgefühl. Zum ersten Mal in meinem Leben spürte ich eine Bürgerseele in mir. Endlich könnte ich die Seligkeit erleben, von der die glücklichen Mitglieder dieser Klasse erfüllt waren. Auf dem Markt schienen mir die Obst- und Gemüsepreise lächerlich niedrig. Ich deckte mich mit Vorräten ein. Ich sah den Farbfernseher für mein Konto erschwinglich werden, dessentwegen mir mein ältester Sohn die Ohren voll jammerte, der das Endspiel der Fußballweltmeisterschaften in allen Farben anschauen wollte. Ich hätschelte sogar schon meine Pläne, die blitzende Limousine meiner Träume zu kaufen. Bevor ich nach Hause ging, gestattete ich es mir, bei meinem alten Tabakhändler eine Schachtel Zigarren zu kaufen, der darüber ebenso verblüfft war, wie der kommunale Busschaffner, der ihm Gesellschaft leistete.

Meine Frau freute sich, meine schwerbepackten Arme zu entlasten, aber sobald sie das Parfümfläschchen entdeckt hatte, erwachte ihr Mißtrauen.

– Ist das für mich?

– Sicher.

– Du versuchst wohl, meinte sie, dich für etwas zu entschuldigen. Du kannst kein reines Gewissen haben. Du hast dich doch nicht etwa hinreißen lassen, einem Mädchen nachzulaufen?

Ich machte sie auf meine grauen Haare und das Alter unseres großen Sohns aufmerksam, den ich oft dabei erwischte, wie er vom Balkon aus ein Auge auf die Tochter unserer Nachbarn warf. Wieder beruhigt, erkundigte sie sich nach dem Grund meiner plötzlichen Verschwendungssucht.

– Wir sind so gut wie reich.

Meine Frau warf mir einen bösen Blick zu.

– Bist du noch bei Verstand? Als hättest du zu trinken angefangen? Unsere Monatsenden sind schon ohnedies schwierig genug.

Meine Erklärungen machten nicht den geringsten Eindruck auf sie, und ich mußte meinen Kontoauszug vorzeigen.

– Aber dann sind wir ja reich, rief sie. Endlich werde ich mir alles kaufen können …

– So gut wie, habe ich gesagt.

Meine Gefährtin zuckte mit den Schultern, bedeutete mir mit dieser Bewegung, daß sie sich den Kopf nicht mit Spitzfindigkeiten belasten würde, die drei so kleine Worte bedeuten konnten. Ich hatte alle Mühen der Welt, sie von der Unsicherheit unseres Vermögens zu überzeugen.

– Man wird den Irrtum früher oder später richtig stellen und …

Also bat mich meine reizende Gattin, ihr den Grund für meine übereilten Einkäufe zu nennen. Darauf wußte ich nichts zu antworten.

Es dauerte nicht lange, da verbreitete sich die Neuigkeit meines plötzlichen Wohlstands im Dorf. Ich war erstaunt über die Grimmigkeit der durch das Ereignis hervorgerufenen Kommentare. Kollegen, die ich für treue Freunde hielt, zögerten nicht, meinen guten Ruf in den Schmutz zu ziehen. Einige vertieften sich in meine Vergangenheit, auf der Suche nach den Missetaten am Ursprung dieses unerklärlichen Mannas. Andere schrieben mir eine geheime Komplizenschaft mit mächtigen Persönlichkeiten zu, die bärtig und kaum zu erkennen waren. Die Feindseligkeit der Äußerungen, mit denen man mich überhäufte, kam der offenkundigen Wertschätzung gleich, die in meiner Gegenwart gezeigt wurde. Ausgerechnet meine hartnäckigsten Verächter hießen mich am herzlichsten willkommen. Man begann, meine plötzlich für interessant befundene Meinung zu den Dingen dieser Welt einzuholen, meinen Vorschlägen mit übertriebener Würde zu lauschen, ohne mich jemals zu unterbrechen, und mich um die Schlichtung von Uneinigkeiten zu bitten. Man stritt sich darum, mir einen Kaffee auszugeben, man lud mich überall ein, man drängte sich, mein Partner für die tägliche Partie Domino zu werden.

Trotzdem war ich kein Spieler mit übersinnlichen Fähigkeiten, und wenn ich verlor, machten die Anwesenden einhellig die Fehler meiner Mitspieler dafür verantwortlich, die meine Winke nicht verstanden hätten. Mein Direktor gewährte mir, ohne mit der Wimper zu zucken, die Erlaubnis fernzubleiben, auch unter den fadenscheinigsten Gründen, der Polizeikommissar prophezeite meinem jüngsten Sohn nicht länger einen Aufenthalt in der Zelle, dessen bevorzugte Freizeitbeschäftigung darin bestand, die Glaskugeln der öffentlichen Straßenlaternen mit Steinen zu bewerfen, und einige einflußreiche Männer aus der Partei gingen soweit, mir das höchste Gemeindeamt bei den nächsten Wahlen zu versprechen.

Einziger Schatten auf dem Bild: Der Busschaffner brach alle Beziehungen zu mir ab und hätte sich sogar fast geweigert, meinen Sohn in den Hauptort des Wilayas mitzunehmen, als er sich dort hinbegeben mußte, um sein Abitur abzulegen.

– Dein Vater besitzt Mittel genug, um dir ein Taxi zu bezahlen, schrie er ihn an, während er ihn am Kragen seiner Jacke packte, um ihm zu helfen, auf das Trittbrett des anfahrenden Busses zu steigen.

Diese Atmosphäre, an der ich, zugegebenermaßen, schließlich Gefallen fand, verschlechterte sich schlagartig an dem Tag, als man von der Berichtigung meines Bankkontos erfuhr.

Dieses Unglück konnte ich nicht ertragen. Ich mußte mir ein anderes Dorf suchen.

Mein ältester Sohn, der sein Abitur schaffte, ist zur Belohnung für einige Monate zu seinem Onkel nach Frankreich gegangen. Er hat seine beste Zeit und seine Devisen in Hallen mit Computerspielen verschleudert. Er ist in die Informatik vernarrt zurückgekommen und will ihr sein Hochschulstudium widmen. Ich habe versucht, ihn davon abzubringen, doch er hat es sich fest in den Kopf gesetzt.

Ich mußte mir einen anderen ältesten Sohn suchen.

Der Entflohene

In seiner unendlichen Güte hat der Höchste Führer, geliebter Volkstribun und gewaltiger Schmied der Geschichte, diesen Mittwoch, anläßlich seines Geburtstags, zum gesetzlichen Feiertag erklärt, zum arbeitsfreien und großzügig bezahlten Feiertag für die gesamte Belegschaft aller Behörden und Betriebe, einschließlich der stunden- oder tageweise Beschäftigten, zum unterrichtsfreien Tag für Schüler, Gymnasiasten und Studenten, an die kostenlos eine Mahlzeit ausgeteilt wird, zusammen mit kleinen Fahnen, die sein Konterfei zeigen. Diese gilt es zum gegebenen Zeitpunkt unablässig und stürmisch vor den Zyklopenaugen der auf die Straßen der Hauptstadt losgelassenen Kameras zu schwenken, Straßen, die mehr schäumen werden als toll gewordene, junge Kälber nach einer langen Zeit im Stall. Auf den ersten Stufen zu seiner schattigen Residenz werden die Bauern ihre schönsten Früchte darbringen, die Dichter ihre schönsten Verse deklamieren, und die schönsten Mädchen werden ihre Verehrung hinausschreien. Die Läden in der Stadt haben von der Verwaltung den strikten Befehl erhalten, nicht vor Mitternacht zu schließen, trotz ihrer spärlichen Auslagen, und diese sollen die Nacht über beleuchtet sein, ebenso die Cafés, die auf Befehl von oben den ganzen Tag lang Lieferungen bunter Limonaden und verschiedenerlei Fruchtsäfte in Empfang genommen haben, wie auch die Restaurants, die im allgemeinen mit schmaler Kost aufwarten; aus gegebenem Anlaß werden sie ihren glücklichen Gästen nicht nur Geflügel, Rind- und Hammelfleisch, nicht nur zehn verschiedene Fischsorten, sondern auch noch exotische Früchte zum Nachtisch anbieten können, die in den Regalen unserer Händler schon seit so langer Zeit fehlen, daß unsere Kinder sie überhaupt nicht kennen; und die Bars, immer noch überwacht wie Intellektuellennester, werden vom Präfekten die Genehmigung erteilt bekommen, den schnurrbärtigen Männern bis zum Morgengrauen schäumendes Bier auszuschenken, und alle, für harte Devisen eingeführten Spirituosensorten, deren Flaschen in der ganzen Vielfalt ihrer Formen endlich wieder einmal die Regale schmücken sollen, die sonst trauriger und entblößter aussehen als, nach gestillter Lust, die ermattete Geliebte in den Augen ihres Geliebten, und bei deren Anblick die alten Säufer vor Sehnsucht heulen, die sich an weit zurückliegenden Zeiten der Freude erinnern. Heute abend werden sie sich schamlos den durch ein Wunder wieder aufgetauchten Getränken von einst hingeben.

Man hat, zur Feier des Tages, alle Gebäude frisch gestrichen, einheitlich in Blau und Weiß, den Staub von den kränklichen und knolligen Bäumen entfernt, den blinden Straßenlaternen wieder Licht gegeben, mit riesigen Wassermengen die Verkehrsadern der Stadt gereinigt, zum großen Verdruß ihrer Bewohner, die wußten, daß sie diese Verschwendung an kostbarem Naß über Tage hinweg mit toten Wasserhähnen bezahlen müssen. Man untersagte es, die Abwasserkanäle in die Straßen zu entleeren, verbot den Bettlern und Clochards, auch nur ihre Nasenspitze sehen zu lassen, belegte die wenigen noch freien Intellektuellen mit Hausarrest, strich die Fälle von Selbstmord und Tobsucht aus den Statistiken, man dachte auch daran, die öffentlichen Uhren wieder aufzuziehen, die unter der Vernachlässigung die Gicht bekommen hatten, die Fassaden mit bunten Glühbirnen und azurblauen Spruchbändern zu verzieren, man hat alle Funktionäre der Großen Volkspartei mit Unbescholtenheit bemäntelt, eine Säuberung aller Geschichtsbücher vorgenommen, ausländische Journalisten ausgewiesen, den Himmel gemahnt, seine Wolken aufzulösen, den letzten Oppositionspolitiker in seinem Hotelzimmer geknebelt, obwohl man zuvor noch beschlossen hatte, ihn vorläufig zu verschonen, damit er bei künftiger Unzufriedenheit des Volkes als Sündebock herhalten könnte, man hat die Lebensläufe der hohen Würdenträger des Regimes mit großen Leistungen aufpoliert und die ihrer Gattinnen schamhaft verstümmelt, man hat die Frömmler angewiesen, ihre Bärte zu stutzen, die Straßen in verschwenderischer Fülle mit Bannern beflaggt und diese angewiesen, trotz schwacher Brise stürmisch zu flattern. Die Autofahrer sollen vor lauter Freude hupen und dürfen parken, wo es ihnen gefällt. Den ausländischen Botschaften ist es gestattet worden, jeden Visum-Antrag entgegenzunehmen, aber nur an diesem glorreichen Tag und unter der Bedingung, daß sie den Polzeidienststellen unverzüglich die Namen der Reisewilligen mitteilen. Die Strafgefangenen dürfen das Freudenspektakel am Bildschirm verfolgen.

Die jungen Männer wissen, daß die verschlossenen oder aufreizenden Mädchen ausgehen, und daß sie es wagen können, sie im Schutz des Halbdunkels anzusprechen oder, noch leichter, im Schutz des amöbenhaften Gewimmels, das rund um die Orchester auf den großen Plätzen herrschen wird, die mit Lautsprecheranlagen, per Luftfracht aus den musikliebenden Ländern eingeführt, ausgestattet sind.

Die Zeitungen haben gemeldet, daß tausend Gefangene durch eine großzügige Amnestie freigekommen sind, die der Höchste Führer, geliebter Volkstribun und gewaltiger Schmied der Geschichte, verkündet hat. Auf freien Fuß gesetzt wurden die das Volk aushungernden Bäcker, die das Gewicht des Baguettes herab- und die Preise hinaufgetrieben hatten, die rücksichtslosen Krämer, die das Milchpulver für die Säuglinge mit Gips und den Kaffee mit Kichererbsen gestreckt hatten. Auf freien Fuß gesetzt die Apotheker, die verfallene Medikamente verkauft hatten, der zerstreute Drucker, der das Bildnis des Höchsten Führers, geliebter Volkstribun und gewaltiger

Schmied der Geschichte, mit blauen Augen versehen hatte. Auf freien Fuß gesetzt die jungen Rowdys, die zum Zeichen des Protests gegen den schleichenden Tod, den die Planwirtschaft für sie vorsah, die spärlichen Blumen in den wenigen Parkanlagen verwüstet hatten. Auf freien Fuß gesetzt auch der einsame Demonstrant, dessen Tod durch Herzversagen die Zeitungen einen Monat zuvor gemeldet hatten.

Im Laufe des Nachmittags hat das Volk massenweise die Straßen überschwemmt. Die dichtbewohnten Stadtviertel haben ihre Eingeweide in die großen Boulevards entleert. Die Kinos können keine Besucher ihrer Träume mehr aufnehmen, die Bäckereien sind von heißhungrigen Mädchen im Sturm genommen worden, die sich drängeln und ihre Pos einziehen, wenn sich die kostbaren Seiden an den rauhen Jeansstoffen reiben. Die fliegenden Händler mit den falschen Edelsteinen sehen, wie ihre Preise hochgehen und ihre Waren verschwinden.

Die Menge fließt immer zäher dahin, drängt sich auf den Plätzen, wo man den Aufbau der Bühnen für die Orchester beendet.

Gerade als die Festlichkeiten begannen, in der Abenddämmerung des großen Feiertags, erhielt der Chef der Staatssicherheit die Nachricht. Dieser Nachtwandler, der mit so finsteren Geheimnissen umging, daß er die Fenster seines Büros zumauern ließ, unzugänglich wie der Weg zum Paradies, hatte sich nach und nach in ein unförmiges und schleimiges Erdmonster verwandelt, an dem einzig noch die tagblinden Augen glänzten. Er lebte nur für seine Akten, die er sorgsamer behandelte als seine vier Kinder, um mit der unerbittlichen Freude einer Muräne, die auf ihre Beute losgeht, die hinterhältigsten Komplotte zu schmieden oder aufzudecken. Er hatte es übernommen, alle Kampfgefährten umbringen zu lassen, deren Vergangenheit ein schlechtes Licht auf den Höchsten Führer, geliebten Volkstribun und gewaltigen

Schmied der Geschichte, werfen könnte, alle Oppositionspolitiker, selbst die ins Ausland geflohenen, entführen und foltern zu lassen, bis sie tot waren, sämtliche möglichen Rivalen in Skandalgeschichten zu verwickeln, so daß sie lebenslänglich hinter Gitter wanderten und in ihren Zuchthäusern nacheinander an epidemischen Herzattacken verstarben, die vermeintlichen Kronprinzen, die es noch gewagt hatten, an ihre Zukunft zu glauben, in die entlegenste Botschaft zu verbannen, den fähigen Ministern den sofortigen Rücktritt nahezulegen, alle Gewerkschaften zu unterwandern, auch wenn sie noch so loyal waren, wie er auch die Universitäten und die Ministerien, die Betriebe und die Moscheen, die dunklen Winkel der Stadt und die Schlangen vor den Supermärkten mit seinen Geheimdienstagenten gespickt hatte. Seine Angst einjagenden Fangarme erstreckten sich über das ganze Land, und schon die Erinnerung an seinen Namen genügte, um Schrecken zu verbreiten.

Blieb nur noch ein Mann, den er weder hatte korrumpieren noch einschüchtern, noch brechen können. Also hatte er ihn in das schlimmste Gefängnis stecken lassen.

– Er ist ausgebrochen!

Der Chef der Staatssicherheit zitierte auf der Stelle den Kerkermeister des Gefängnisses, die Generalstäbe der drei Armeen und einen Unbekannten mit geheimnisvollem Bart zu sich.

Und wie von einem plötzlichen Brechreiz befallen, spuckten die Kasernen in der Umgebung der Hauptstadt ihre Soldaten aus, ihre Polizisten, Fallschirmjäger, Eliteeinheiten, ihre schnellen Eingreiftruppen, Sturmkommandos, Sondertruppen, ihre Brigaden zur Aufstandsbekämpfung, Anti-Terror-Gruppen und ihre Spezialisten in der Menschenjagd, alle bewaffnet mit Pistolen, Gewehren, Handgranaten, Maschinenpistolen und mit jeder Art von Radar-, Ortungs-, Abhör-, Stör-, Such- und Minenräumgerät ausgerüstet. Mit voller Fahrt rasen die Motorräder, die Polizeiautos, ob als Zivilstreife getarnt oder nicht, die Lastwagen, Schützenpanzer, Jeeps, Geländewagen, Panzer-, Ketten- und Amphibienfahrzeuge durch die Straßen, während ein Reigen von Hubschraubern, Jagdgeschwadern und Kampfflugzeugen den Himmel füllt.

Er war seit so langer Zeit eingesperrt, daß er das Gesicht seiner Mutter vergessen und seine Kindheitserinnerungen verloren hatte, daß er nicht mehr wußte, wie der Himmel aussah, noch, wie sich das Brabbeln eines Säuglings anhörte. Auch die Schwermut eines alten Refrains, den man beiläufig vor sich hin trällert, verspürte er nicht mehr. Seit Jahrhunderten erlebte er nur noch nächtliche Stunden, deren Dunkelheit die Angst verstärkte, mit dem dumpfen Lärm der Stiefel, dem Klicken der Waffen, die geladen wurden, den hinter seinem Rücken gemurmelten Anweisungen. Vor allem fürchtete er das Eindringen dieser eiskalten Geheimboten, die niemals zornig wurden noch jemals aufgaben. Sie waren hartnäckig, ließen nicht locker, stellten ruhig und gelassen dieselbe Frage zum tausendsten Mal, nahmen arglos dieselbe Antwort entgegen, die stets mit derselben Beflissenheit aufgeschrieben wurde. Nie gaben sie ihre kalte Beherrschung auf, außer um sich zuweilen, als Drohgebärde, einige falsche Vertraulichkeiten herauszunehmen. Diese höflichen und respektvollen Männer schienen von den Folterern nichts zu wissen, die gleich nach ihnen eintrafen und nicht vor dem fahlen Morgengrauen wieder hinausgingen. Und der Gefangene war sich schließlich bewußt geworden, daß er die ersteren noch mehr fürchtete als die letzteren.

Seine Vergangenheit war gründlicher zerpflückt worden, als das Leben des Propheten, und noch die geringste Einzelheit seines Handelns und Tuns hatte zu langatmigen Auslegungen geführt.

Für ein einziges Wort hatte man ihm alles versprochen: einen strahlenden Morgen noch für den letzten Men-

schen; für die Schwermütigsten die Wiederkehr der Vergangenheit; das öffentliche Eingeständnis der Führer, welche Irrtümer sie begangen, welche Rechte sie gebeugt und wie sie ihre Macht mißbraucht haben; das Ende der Kartoffelknappheit und das Kilo Fleisch billiger zu haben, als das Lächeln meines Letztgeborenen; für jeden Bürger das Recht, die Niederträchtigkeit ihrer Chefs anzuprangern, und die Gewähr, daß diese alle zehn Jahre einmal das zu Unrecht Erworbene zurückgeben müssen; für ihn ein Gehalt, das höher ist als der höchste Berg im Land, verschiedenerlei Zulagen nicht eingerechnet, und die Möglichkeit, einmal im Jahr den Gegenwert seines Monatseinkommens in harte Devisen umzutauschen, Bewilligung eines direkt aus Japan importierten, gepanzerten Wagens, der ihn beim Öffnen der Tür willkommen heißen wird, eine dreifarbige Karte, die ihm Zugang zu den anspruchsvollsten, nur bestimmten Leuten vorbehaltenen Einkaufsläden verschaffen wird, um alle Käsesorten dieser Welt einzukaufen, ohne daß er Schlange stehen muß, ganz zu schweigen von der Butter, die in der Sonne schmilzt wie mein Herz unter den Liebkosungen meiner Frau; die Zusicherung, seine Kinder mit denen der höchsten Würdenträger in der Schweiz zur Schule zu schicken, morgens mit einer Sondermaschine hingebracht und abends mit derselben wieder abgeholt; die Freilassung aller politischen Gefangenen, der Schriftsteller und Protestsänger; die Abschaffung der Whiskysteuer; für jeden Bürger die Möglichkeit, ohne Schikanen und ohne harte Devisen ins Ausland zu reisen, und für den Verzweifeltsten das Recht, Scheiße zu sagen.
Für ein einziges Wort hat man ihm alles versprochen.
Scheiße, hat er zu ihnen gesagt.

Er begann, durch die Stadt zu laufen, nahm instinktiv die dunkelsten Wege, die engsten, unbelebtesten und verrufensten Straßen in der Hoffnung, in das Viertel einzumünden, in dem er geboren wurde, der einzig möglichen Zuflucht. Doch die Straße seiner Kindheit blieb unauffindbar, die Straße der Metzger mit den blutigen Fleischbänken, der Gerber mit ihren ekelerregenden Trögen, in denen die Felle eingeweicht wurden, der Färber mit den bunten Stoffrollen, die in der Sonne tropften, die Messinggießer, die kaum zu sehen waren in ihren dunklen Verschlägen, die Straße der fliegenden Händler mit der in schicken Geschäften stibitzten Ware, den umherziehenden Trödlern, die ihre eigenen Kleider zum Kauf feilboten, die Straße der Taschendiebe, deren strenger Ehrenkodex ihnen untersagte, einen Bewohner des Viertels auszunehmen, die Straße der heruntergekommensten Bordelle, die als einzige bei Minderjährigen ein Auge zudrückten, unter der Bedingung, daß diese sich innerhalb einer Minute erleichterten, was sie kaum vor Probleme stellte, die Straße jeder Art von Schmuggel, der Gauner und Gestrandeten aus aller Welt, der Strolche, Säufer, Arbeitslosen, Waisen, Hungrigen, Behinderten. Doch alles hatte sich verändert in der Stadt, die einst entgegenkommend und einladend war, an ihren sonnigen Vormittagen heiter strahlte und sich von den Touristen kokett photographieren ließ; heute hat sie sich abgekapselt wie ein angegriffenes Stachelschwein, das Gefahr wittert, furchtsam und bedrohlich, Fremden gegenüber feindselig, mit ihren neuen Boulevards, die zu spitz aufeinander zulaufen, ihren Prachtstraßen, die ins Nichts münden, ihren Vierteln, die sich verschanzt haben, ihren Verbotsschildern, ihren bedrückenden Farben, ihren öden Nächten. Schlimmer noch, die Stadt hatte das Meer verstoßen, das ihre Füße umspülte, und die Arbeiterviertel verlegt, die von dem Flüchtenden gesucht wurden. Von Gasse zu Gasse stieß der Entflohene auf unüberschreitbare Schwellen, immer abgewiesen und außer Atem, machte er sich, wie ein blinder Pilger, wieder auf seinen ungewissen Weg zu anderen, ebenso unterschiedslosen Türen, auf den immergleichen unwirtlichen Bürgersteigen.

Und plötzlich mündet er auf den halbrunden Platz, der im verschwenderischen Licht von tausend gnadenlosen Scheinwerfern liegt. Keuchend kniet er nieder. Er kneift die Augen zusammen, wird geblendet, der Nachtvogel. Zu spät zum Rückzug. Schon kreisen ihn einige Passanten ein. Der Mann richtet sich mühsam wieder auf. Er ist riesig, als stünde er auf Stelzen. Noch unsicher im Gleichgewicht, schwankt er auf seinen langen Beinen hin und her, beugt sich mit dem Oberkörper vor, wagt ein paar hastige Schritte, um seine Standfestigkeit wieder zu erlangen, und die Gaffer weichen erschreckt zurück, schaffen ihm Platz, einen Raum, der ihn isoliert. Seine weit aufgerissenen, vorstehenden Augen sind dem Wahnsinn verfallen, ein aufgesetztes Lächeln entstellt sein vor Angst schweißgebadetes Gesicht zu einer affenartigen Fratze. Der weite rote Umhang, in den er sich gehüllt hat, zeichnet ihn für die Nachtschwärmer, die sich im Halbkreis um ihn gedrängt haben, als Komiker aus.

Er ist umzingelt, kann nicht mehr fliehen.

Er weicht zurück, immer weiter zurück, bis er mit seinem Rücken an eine Mauer stößt. Er ringt nach Atem, schluckt mit offenem Mund. Groteske Anstrengungen. Schlaksig geht er wieder einen Schritt vor.

– Brüder, helft mir, röchelt er unter Anspannung seiner ganzen Eingeweide.

Sein Blick schweift schneller als ein Kaleidoskop über die ihn Umstehenden. Tiefe Falten durchfurchen seine Wangen und lassen das Außergewöhnliche an diesem gequälten Gesicht hervortreten. Die Ältesten, denen sein gezwungenes Lächeln auffällt, glauben darin einen vertrauten Zug zu erkennen. Es ist lange her, sehr lange, es liegt Jahrhunderte zurück, als die Nächte in der Stadt noch voller Leben, die Bars noch ausreichend mit Spirituosen versorgt und die Oppositionspolitiker noch am Leben waren und sich frei ausdrücken konnten, als die Zeitschriften und Zeitungen den Schriftstellern noch offen standen, die in Museen umgewandelten Gefängnisse noch nicht in Gefängnisse zurückverwandelt waren, als die Bücher noch die Regalfächer der Buchhandlungen füllten, als die Universitäten für die Polizei verboten waren, als die Große Volkspartei noch Widerspruch duldete, als die Mädchen sich noch kleideten, wie sie wollten, ohne Belästigungen zu befürchten, als die hohen Würdenträger noch ihre Besorgungen erledigen konnten, ohne Angst zu haben, gelyncht zu werden, als man auf den Straßen noch schreien konnte, sogar im Regen, ohne befürchten zu müssen, vor das Gericht der Staatssicherheit gestellt zu werden, als man das Land noch ohne die Krücke des Erdöls in Schwung zu halten wußte, als die Strandkiefern sich noch mit aufrechtem Stolz in den Himmel reckten wie auch mein Freund, der Geiger, die Passion seiner Kunst, als ein Baguette ein Viertel des heutigen Preises kostete, als alle meine Freunde arbeitslos aber noch nicht ständig betrunken waren, die amerikanische Botschaft noch immer in Trümmern lag, nachdem der Volkszorn sie eines Tages verwüstet hatte, als die Kinos noch zu empfehlen und die Geschichtsbücher noch nicht zensiert waren, und als das Meer noch mit den Rockzipfeln der Stadt spielte.

Zu diesen undenklichen Zeiten erhellte das Gesicht dieses Mannes die Titelseiten der Zeitungen, strahlte vom Bildschirm der Fernseher. Man sah ihn überall, erkannte auf Anhieb die Umrisse seiner vertrauten Gestalt, feierte ihn auf den Treffen und Kundgebungen der Arbeiter, bei den Aufmärschen und an den freiwilligen Arbeitstagen, wenn er zu den Hafenarbeitern kam, um sie beim Streik zu unterstützen, bei den Bauern im Hinterland und während der Verwüstung der amerikanischen Botschaft, die heute wiederaufgebaut ist, oder einfach beim Spazierengehen auf der Straße, wenn der Abend anbrach.

Und plötzlich war der Mann in der Versenkung verschwunden, durch die Falltür des Nichts. Man mußte die alten Zeitungen einstampfen, in denen sein Name stand

oder sein Photo zu sehen war, mußte gewisse Bilder aus
den Nachrichtensendungen jener Zeit schneiden, den
Stuhl wegwerfen, auf dem er bei den Versammlungen
und Kongressen der Arbeiter gesessen hatte, seine
ganzen Vertrauten und Freunde einsperren, das Viertel,
in dem er geboren wurde, unter schärfste Bewachung
stellen, bevor man sich entschloß, es zu verlegen, man
mußte verbieten, seinen Namen zu zitieren, und alle Na-
mensvettern verpflichten, ihren zu ändern, man mußte
die Villa, die er bewohnte, dem Erdboden gleichmachen
und dort einen Park anlegen, die ganzen Bücher aus seiner Bibliothek verbrennen, nachdem man sie auf der Suche nach geheimen oder belastenden Dokumenten ein-
zeln durchgeblättert hatte, man mußte mehrere Seiten
aus den Geschichtsbüchern herausreißen und sein Gesicht aus dem Gedächtnis des niederen Volks löschen.
– Wir können bei den Führern dieses Landes kein Mitleid mehr erwecken, helft mir also, sie zu korrumpieren.
Schüttet euer Geld, all das Gold und den Schmuck eurer
Frauen zu Bergen vor mir auf, alles, was ihr geerbt habt,
was ihr aus den Banktresoren oder den Geldbörsen der
Hausfrauen rauben konntet, was ihr mit Beihilfe ausländischer Gesellschaften vom Staat ergaunern oder, im Gegenteil, mit jedem Tag harter Arbeit, mit jeder mühselig
durchwachten Nacht geduldig sparen konntet. Noch die
niedersten Chargen geben ein Vermögen aus, das man
sich in den wildesten Phantasien nicht vorzustellen ver-
mag, so sehr haben sie sich an Luxus und Mißwirtschaft
gewöhnt, von ihren Badezimmern mit elektronisch ge-
steuerten Armaturen aus massivem Gold bis zu ihren unzähligen Schlafzimmern, die sie während der Nächte
wechseln müssen, um jedes ihrer Betten genießen zu
können, von ihren Frauen, die schwerer mit Schmuck
behängt sind als zum Herbstende die Zweige eines Gra-
natapfelbaums, bis zu den Launen ihrer Kinder, die an-
spruchsvoller sind als der Star meiner Träume, von ihren
Büros, die so kunstvoll ausgestattet sind wie ein Luxus-

bordell bis zu ihrer Besessenheit von den Frauen anderer, von ihrer Gier nach ausländischen Hi-Tech-Spielzeugen bis zur Anhäufung von Gütern, die ihnen von den Staatsbetrieben bereitwillig geschenkt werden.

Er richtet sich wieder auf, endloser als ein Tag ohne die Geliebte.

– Ihr wißt wie ich, daß sie durch ihre Macht arroganter geworden sind als Könige von Gottes Gnaden, arroganter als siegreiche Generäle am Abend der Schlacht, unbändiger als die Löwen aus unseren Legenden, mit Blick auf uns verächtlicher als ihren Frauen gegenüber, die sie von morgens bis abends unablässig demütigen, und verächtlicher noch gegenüber jeder anderen Frau, die sie aufs Kreuz gelegt haben, daß sie scheinheiliger sind als ein ausgehungertes Krokodil, ekelerregender als die Mülleimer der Wohngebiete, die die Müllmänner in der Eile zu leeren vergessen, hinterlistiger als das auf seine Beute lauernde Chamäleon, bereit, jede Farbe anzunehmen, und jede Eigenschaft, und bereit, heute so und morgen so zu reden, heute eifrig zu verteufeln, was sie gestern vergöttert haben, um überschwenglich zu rühmen, was sie gebrandmarkt hatten, daß sie korrupter sind als die Verkäufer in den staatseigenen Läden, aber auch ängstlicher als Bauern, die auf den ersten Regen hoffen, als Mütter, die über ihre fiebrigen Kinder wachen, als Arbeitslose in der Sorge um den nächsten Tag, als die Verlobte, die auf die Rückkehr des Geliebten aus dem Exil wartet, um in leidenschaftlicher Umarmung mit ihm zu verschmelzen, die es aber, ist die erste Begierde gestillt, nicht versäumen wird, sein Gewissen mit Verdächtigungen der Untreue zu kitzeln, die umso ungerechter sind, da sie nichts von den Härten des Exillebens und seinen grauenhaften, einsamen Nächten weiß, nichts von den Qualen des einzelgängerisch durch die Straßen ziehenden Schattens auf der Suche nach einem Gleichgesinnten, der unauffindbar ist. Ja, sie sind noch ängstlicher, und wenn ihr wollt, werden wir heute abend Schulter an

172

Schulter in das Stadtviertel ziehen, in dem sich ihre Luxusvillen schamhaft unter dem Schatten hoher Bäume verstecken. Wir werden durch die Straßen des Volks ziehen, das uns auf den ersten Wink hin folgen wird. Unterwegs werden wir die Anschlagtafeln abreißen, auf denen ihr trügerisches Lächeln prangt, wir werden die Importkaufhäuser in Brand setzen, aus denen sie sich schamlos mit eingeführten Waren bedienen. Unsere Wut wird die Mauern ihrer klimatisierten Büros erschüttern. Und, wenn euch der Sinn danach ist, werden wir die Kosmetiksalons plündern, in die ihre Frauen gehen, um ihre Schönheit aufzuputzen. Wir sollten auch nicht vergessen, im Vorübergehen das Gebäude des Rundfunksenders zu verwüsten, der uns mit ihrem Gesülze betäubt, und die blitzenden Nobelkarossen zu zertrümmern, denen wir am Straßenrand begegnen. Es wird uns ein leichtes sein, die Absperrungen und spanischen Reiter zu überspringen, die sie zweifellos errichten werden, um uns in Schranken zu halten, und die Gewehre ihrer Wachen, die sie trotz ihres fürstlichen Lohns schon immer gehaßt haben, gegen sie selbst zu richten. Und wenn ihre heimtückisch an den Straßenecken kauernden Maschinengewehrnester vor lauter Angst erst einmal schweigen, ihre mit allen Kasernen im Land verbundenen Alarmanlagen verstummen, die empfindlichen Verriegelungsmechaniken ihrer gepanzerten Türen ausfallen, und ihre unterirdischen Geheimgänge zu den Landeplätzen, auf denen startbereite Hubschrauber sie erwarten, verschüttet sein werden, dann werden wir sie endlich nackt sehen, mit vor Schreck verzerrten Gesichtern.
Ein kindliches Lächeln erhellt sein Gesicht.
– Wir werden sie alles gestehen lassen. Sie werden uns erklären müssen, warum ihre Mütter sich weigerten, ihnen Wiegenlieder zu singen, warum ihre Frauen Selbstmord begangen haben oder in Irrenanstalten gelandet sind, warum ihre Kinder ihr Lächeln verabscheuen, warum sich die Luft bei ihrem Erscheinen bewegt, die Tiere

weglaufen, das verliebte Mädchen zu singen aufhört, der Himmel wütend grollt, die Blumen welken, die Quellen versiegen, die Babys weinen und Gott vor Furcht erbebt. Sie werden uns erklären müssen, durch wieviel Morde sie an die Macht gelangt sind, durch wieviel weitere sie sich an der Macht gehalten haben, durch welches Wunder sie in so kurzer Zeit die Reichtümer des Landes vergeuden konnten, aus welchem Grund sie alles den Ausländern übertragen haben, vom Boden unter unseren Füßen bis zur Luft, die wir atmen: die Fabriken zu bauen, die Hotels, das Straßennetz zu planen und die Streckenführung der Eisenbahn, ihre Krankheiten zu pflegen, die Moscheen zu bauen, die Heiligtümer zu errichten, die Krankenhäuser auszustatten, ihre Kinder auszubilden, U-Bahnschächte zu graben, ihre Frauen einzukleiden, die Statuen unserer Nationalhelden in Stein zu hauen, die Geheimnisse unseres Finanzwesens zu durchleuchten. Sie werden uns sagen müssen, wie wir die echten von den falschen Verschwörungen unterscheiden können, die sie uns bekanntgegeben haben, wie dieser Spion plötzlich wieder ein hoher Würdenträger werden konnte, der für die Übermittlung von Staatsgeheimnissen an feindliche Länder, die es ohnehin nicht mehr gab, verurteilt und wegen Hochverrats hingerichtet wurde. Sie werden uns erklären müssen, warum sie Informationen, die Geschichte, die Wahlergebnisse, die Greenwich-Zeit, die Zahlen des Rechnungshofs fälschen.

Der Halbkreis um ihn wird immer dichter.

Nachdem wir ihre Archive und ihre Magnetbänder gesichtet haben, werden wir ihnen in aller Öffentlichkeit den Prozeß machen. Vor aller Augen werden wir ihre Schandtaten ausbreiten, ihre Niederträchtigkeiten, ihre Kuhhandel, ihre schmutzigen Geschäfte, ihre hinterhältigen Machenschaften, ihre ganze Ruchlosigkeit. Wir werden alle Dokumente veröffentlichen, die zur Aufklärung beitragen, und sie vor einer unvoreingenommenen Kammer für ihre Untaten zur Verantwortung ziehen. Wir wollen keine Rache, aber eine gerechte Bestrafung. Wir werden gewissenhaft darüber wachen, daß sie alle Rechte genießen, die ihnen jene Gesetzestexte zusprechen, die sie tausendfach verhöhnt haben, obwohl sie diese, genau nach ihren Erfordernissen verfaßt hatten. Unter dem zustimmenden Gemurmel der Menge verstummt er.

– Anschließend müssen wir die Weisesten unter uns auswählen und sie bitten, uns Regeln und Gesetze zu geben, die jeder Macht mißtrauen: Und trotzdem werden wir wachsam bleiben.

Die Menge ist bereit, ihm zu folgen.

Der Mann mit dem geheimnisvollen Bart bahnt sich den Weg durch den Halbkreis und geht langsam auf dem im Licht schimmernden Platz voran, eine Pistole in der Hand. Der Redner, der ihn soeben wiedererkannt hat, weicht zurück und lehnt sich gegen die Mauer. Der Mann richtet seine Waffe auf die Schläfe des Entflohenen und drückt einmal ab. Danach dreht er sich um und geht in aller Ruhe weg.

Niemand hat sich gerührt.

Die Übersetzung aus dem Französischen wurde unterstützt durch die Gesellschaft zur Förderung der Literatur aus Afrika, Asien und Lateinamerika e.V. in Zusammenarbeit mit dem Institut für Auslandsbeziehungen.